Karl Olsberg

Flucht aus der Würfelwelt

Published by briends GmbH, Bahngärten 7,
22041 Hamburg, Germany
www.facebook.com/Wuerfelwelt
www.karl-olsberg.de

Für Leopold,
ohne den diese Geschichte
anders ausgegangen wäre.

„Sie sehen so wenig von der Realität
in ihrem langen Traum."
„Und doch spielen sie das Spiel."
Julian Gough

Danke an alle, die mir an karlolsberg@gmail.com geschrieben und mich darin bestärkt haben, die Geschichte von Marko und Amelie fortzusetzen. Ich hoffe, dieses Buch wird euren Erwartungen gerecht. Danke an Leopold für die vielen Verbesserungen und gefundenen Fehler und die offene und konstruktive Kritik.

1.

Einsam und verlassen, mit leerem Inventar, stehe ich auf einem schmalen Sandstrand am Ufer eines Meeres. Links von mir erhebt sich das Gelände in grünen Treppenstufen. Bäume mit schwarzweißen Pixelstämmen wachsen dort, die Blätter in ordentlichen Würfeln angeordnet. Es kommt mir vor, als sähe ich die Würfelwelt zum ersten Mal. Dabei war ich schon einmal hier! Genau genommen schon oft. Dies ist exakt die Stelle, an der ich mich wiederfand, als ich in der Würfelwelt aufgewacht bin, ohne zu wissen, wer ich bin und wie ich hierher kam.

Wie kann das sein? Ich habe diese Welt doch eben erst erschaffen, mit dem magischen Amulett *Auryn*, das nun unerreichbar auf dem Grund des Würfelmeers liegt! Andererseits sind mir schon so viele seltsame Sachen passiert, dass mich diese Merkwürdigkeit kaum noch wundert. Immerhin befinde ich mich auf einer abenteuerlichen Reise in meinem eigenen Kopf. Da ist alles möglich.

Mir bleibt nichts anderes übrig, als diese Version der Würfelwelt zu erkunden und zu hoffen, dass ich irgendwo einen Ausgang finde.

Als ich den Hügel hinaufhüpfe, entdecke ein weißes Kastenschaf, genau wie damals. Am Rand einer Wüste gackert ein Huhn, das ein Ei gelegt hat. Ich lasse das Ei in mein Inventar ploppen und überquere die Sandfläche. Es gibt keine Anzeichen dafür, dass vor mir schon jemand hier war. Nachdem ich den Ausläufer eines steilen Gebirges umgehe, erreiche ich eine hügelige Landschaft. Das Gelände sieht immer noch genauso aus wie bei meiner ersten Erkundung, doch die Hütte, in die ich damals vor den Zombies und Skeletten flüchtete, existiert nicht.

Die Sonne steht bereits ziemlich niedrig. Zeit, einen Unterschlupf zu bauen, um die Gefahren der Nacht zu überstehen. Rasch schlage ich ein paar Holzwürfel aus einem Baumstamm und mache mir daraus einen Crafting Table sowie eine Holzaxt, mit der ich mehr Holz fälle. Als die primitive Hütte fertig ist, steht bereits der Mond am Himmel.

In meiner Behausung ist es stockdunkel. Zum Glück habe ich diesmal nicht das Gedächtnis verloren, so dass ich nicht lange herumprobieren muss, sondern zielstrebig eine Holzspitzhacke crafte, ein paar Blöcke nach unten buddele, bis ich auf Felsboden treffe, acht Steinblöcke abbaue und daraus einen Ofen herstelle. Ich habe noch genug Holz, um etwas Holzkohle zu produzieren, die für vier Fackeln reicht. Nun habe ich Licht und kann mich auf die Suche nach weiteren Bodenschätzen machen.

Am Ende einer arbeitsreichen Nacht besitze ich ausreichend Kohle und Eisen, um mir ein Schwert, einen Eimer und eine Schere zu craften. Außerdem stelle ich Türen und Fenster her und bedecke den Boden mit Holzwürfeln, damit es etwas gemütlicher aussieht. Eine Truhe neben dem Crafting Table vervollständigt die Einrichtung.

Ich sehe mich um. Ja, das ist genau die Hütte, in der ich damals Unterschlupf gefunden habe. Ich war schon einmal hier, obwohl ich das Haus eben erst gebaut habe. Das ist wirklich schräg!

Der einzige Unterschied sind die drei Schilder, die damals an der Wand angebracht waren. Ich weiß noch genau, was darauf stand: *Du brauchst eine Spitzhacke und ein Schwert. Baue ein Bett und schlafe darin!* Und schließlich: *Der Ausgang liegt im Nether. Rette Amelie. M.*

Als ich sie zum ersten Mal sah, hatte ich keine Ahnung, was diese Hinweise bedeuten sollten. Heute weiß ich, dass sie stimmten. Doch was nützt mir das jetzt?.

Rette Amelie. Ich habe immerhin erreicht, dass ihr Stiefvater in Untersuchungshaft sitzt. Hoffentlich lassen sie ihn nie wieder aus dem Gefängnis, nach allem, was er ihr und mir angetan hat. Wenn ich bloß wüsste, dass es ihr gut geht! Nach dem Ferienende ist sie nicht wieder zur Schule gekommen. Die Vorstellung, dass ihr etwas zugestoßen sein könnte, erfüllt mich mit Angst und Wut. Ich muss unbedingt aus dieser Fantasiewelt entkommen und rausfinden, wo sie ist!

Soll ich die drei Schilder anfertigen und damit die Hütte genau so aussehen lassen wie damals? Das kommt mir ziemlich absurd vor. Ich kann doch nicht in einer Zeitschleife stecken wie in diesem Murmeltier-Film, oder? Was, wenn ich tatsächlich alles noch einmal von vorn durchleben muss? Wenn ich sterbe und beim nächsten Mal ohne Gedächtnis am Ufer des Würfelmeers spawne? Dann würde ich ohne die Hinweise vielleicht für immer ziellos in dieser Welt herumirren.

Sicher ist sicher. Also crafte ich drei Schilder, beschrifte sie und bringe sie an der Wand an. Nun ist die Hütte genauso, wie ich sie damals vorgefunden habe. Nein, nicht ganz, fällt mir ein. Die Truhe ist noch leer. Damals fand ich darin etwas Brot, ein paar Getreidesamen und einen Holzwürfel. Um Brot zu backen müsste ich erst mal Getreide anbauen. Das dauert mir zu lange. Also verzichte ich auf dieses letzte Detail der Übereinstimmung und mache mich auf den Weg.

Mein nächstes Ziel ist klar: die unterirdische Höhle, in der ich Gronkh traf. Als ich ihm begegnete, hatte ich vergessen, dass er Deutschlands erfolgreichster Let's Player ist, eine richtige Berühmtheit. Natürlich habe ich nicht den echten Gronkh getroffen, sondern nur eine Fantasieversion von ihm, die ich mir in meinem Kopf zurechtgebastelt habe, nachdem ich etliche seiner Videos gesehen hatte. Was er wohl dazu sagen würde, wenn er davon wüsste?

Zuerst brauche ich Proviant, also gehe ich auf die Jagd. Es dauert nicht lange, bis ich ein paar Schweine finde, die ich mit wenigen Schwerthieben erledige. Ich erinnere mich, dass ich beim letzten Mal Skrupel hatte, die Tiere zu töten. Doch diesmal weiß ich, dass es keine echten Lebewesen sind, sondern nur Computersimulationen ohne Gefühle.

Nachdem ich zur Hütte zurückgekehrt bin und das Fleisch gebraten habe, mache ich mich auf den Weg.

2.

Regen prasselt gegen das große Fenster im Wohnzimmer der Ferienwohnung. Amelie sitzt auf der Fensterbank und beobachtet die dicken Tropfen, die in kurvigen Bahnen daran herabrinnen.

„Wie lange müssen wir noch hierbleiben?“, fragt sie zum tausendsten Mal.

„Das weißt du doch genau!“, antwortet ihre Mutter genervt, die auf der Couch ein Buch liest. „Solange dieser Mistkerl auf freiem Fuß ist, müssen wir uns verstecken. Wenn er uns findet, bringt er uns beide um!“

„Falls ich nicht vorher an Langeweile gestorben bin!“, mault Amelie. Doch in Wirklichkeit ist ihr nicht langweilig. Sie hat Angst. Sie fürchtet sich vor dem Mann, der ihr Leben und das ihrer Mutter zerstört hat. Der aus dem Gefängnis ausgebrochen ist und nun irgendwo da draußen herumläuft, auf der Suche nach ihnen, um sich zu rächen. Noch mehr Angst aber hat sie um den Jungen, der sich so mutig für sie eingesetzt hat, und der dafür von ihrem Stiefvater beinahe umgebracht worden wäre.

Marko. Amelie schließt die Augen und versucht, sich an die zarte Berührung ihrer Lippen zu erinnern, als sie sich geküsst haben. Für einen kurzen Moment war sie wirklich glücklich – zum ersten Mal seit vielen Jahren. So gerne wäre sie bei ihm geblieben. Doch sie musste sich um ihre Mutter kümmern, die durch die Taten ihres zweiten Mannes einen schweren Schock erlitten hatte.

Gemeinsam fuhren sie zu Amelies Großeltern nach Hindingen. Dort chattete sie täglich stundenlang mit Marko, während ihre Mutter sich langsam erholte. Amelie freute sich unheimlich auf das Ende der Ferien. Doch dann kam alles ganz anders.

Am Tag der geplanten Rückreise packte Amelie gut gelaunt ihre wenigen Kleidungsstücke in den Koffer. Sie konnte es kaum erwarten, dass ihre Großeltern sie zum Bahnhof fuhren, doch der Zug ging erst in zwei Stunden. Von ihrer Freundin Julia, die auf einem Nachbarhof wohnte, hatte sie sich schon gestern verabschiedet. Sie schickte eine Kurznachricht an Marko: *Bin beim Packen. Kann es kaum erwarten, wieder zuhause zu sein. Freue mich auf die Schule.*

Es dauerte weniger als eine Minute, bis die Antwort kam: *Du freust dich auf die Schule? Waren die Ferien denn so schrecklich?*

Amelie zögerte. War Marko wirklich so dumm, dass er nicht verstand, was sie mit ihrer Nachricht hatte sagen wollen – dass sie sich darauf freute, ihn wiederzusehen? Oder wollte er es nicht verstehen? Vielleicht freute er sich gar nicht auf sie? Vielleicht war der Kuss nach dem Aufwachen aus dem Koma nur seiner Erleichterung zu verdanken gewesen, oder noch schlimmer, seiner Verwirrung?

Sie atmete tief durch, dann schrieb sie: *Zuhause ist es eben doch am schönsten.*

Nachdem sie die Nachricht abgeschickt hatte, kamen ihr Zweifel. Irgendwie klang das ziemlich spießig, wie einer dieser alten Sinnsprüche, die in Holzscheiben gebrannt in der Küche ihrer Großeltern hingen.

Ja, finde ich auch, kam die Nachricht zurück.

Was sollte das jetzt wieder bedeuten? Freute er sich darauf, dass sie wieder nach Hause kam, oder war er einfach nur froh, nicht mehr im Krankenhaus zu sein?

Sie wünschte sich, sie hätte mehr Erfahrung mit Jungs, so wie die anderen Mädchen in ihrer Klasse. Doch Marko war der Erste, der überhaupt von ihr Notiz genommen hatte. Und das, obwohl sie ihm die kalte Schulter gezeigt hatte, aus Angst, er könne die Wahrheit über sie erfahren. Aber er war hartnäckig geblieben, und irgendwann war der Damm gebrochen und sie hatte sich ihm geöffnet. Es war schrecklich und wunderbar zugleich gewesen – schrecklich, weil er nun wusste, welche schlimmen Dinge ihr Stiefvater ihr angetan hatte, und wunderbar, weil sie die Last nicht mehr allein tragen musste. Doch dann hatte Marko den Mistkerl in seiner Arztpraxis zur Rede gestellt und hatte dafür beinahe mit dem Leben bezahlt. Was immer auch geschah, sie würde Marko bis ans Ende ihres Lebens dafür dankbar sein, was er getan hatte.

Muss jetzt los zum Bahnhof, schrieb sie, obwohl es noch reichlich Zeit war. Irgendwie hatte sie das Gefühl, dass es besser war, alles Weitere von Angesicht zu Angesicht mit ihm zu besprechen. Sie würde ihn einfach fragen, ob er wirklich mit ihr zusammen sein wollte. Und wenn ja, dann würde er sie in den Arm nehmen und ...

Das Signal ihres Handys riss sie aus ihrer Fantasie. Eine Antwort von ihm war eingetroffen: *Freue mich auf dich! Gute Fahrt!*

Sie lächelte breit.

Gerade, als sie eine Antwort tippen wollte, klingelte das Handy ihrer Mutter.

„Hochleitner?“ Obwohl sie offiziell immer noch mit dem Mistkerl verheiratet war, meldete sich Mama nur noch mit ihrem Mädchennamen.

„Was? Wann?“ Amelies Mutter wurde blass. „Aber ... wie ist das möglich? ... Bei meinen Eltern. Wir wollten gerade zurück nach Hause ... Aber könnten Sie nicht jemanden zu unserem Schutz ... Ja, natürlich, das verstehe ich. Ja, ist gut. ... Moment, ich notiere mir das.“

Ihre Mutter ging zu dem schmalen Sekretär, der im Gästezimmer ihrer Großeltern als Schreibtisch diente, und schrieb etwas auf einen Zettel.

„Danke, Herr Hauptkommissar. Bitte halten Sie uns auf dem Laufenden ... Ja, natürlich, ich melde mich auf jeden Fall, sobald ich etwas Ungewöhnliches bemerke. Auf Wiederhören!“

Sie legte auf und setzte sich auf das Bett, das Gesicht weiß wie eine Wand.

„Was ... was ist denn los, Mami?“, fragte Amelie.

„Das war die Kriminalpolizei, ein Hauptkommissar Keller. Stefan ... das miese Schwein ist gestern Nacht aus dem Untersuchungsgefängnis ausgebrochen. Er ist vielleicht schon auf dem Weg hierher. Wir müssen sofort von hier verschwinden!“

Amelie fühlte sich, als täte sich der Boden unter ihr auf und sie stürze in ein tiefes Loch.

„Ausgebrochen? Wie denn?“

„Das ist doch jetzt egal! Er hat geschworen, sich an Marko und uns zu rächen. Die Polizei hat nicht genug Leute, um uns alle zu beschützen. Sie kümmern sich jetzt erst mal um den Jungen. Der Kommissar meinte, wir sollten am besten für eine Weile untertauchen und niemandem sagen, wo wir sind, bis sie ihn wieder gefasst haben.“

„Aber ... ich muss doch in die Schule ...“ Tränen traten in Amelies Augen.

„Die Schule ist jetzt nicht so wichtig! Komm, wir müssen uns beeilen!“

Freunde ihrer Großeltern besaßen eine Ferienwohnung in der Nähe, die momentan nicht vermietet war. Sie beschlossen, dort zu bleiben, bis er gefasst worden war.

Amelie holte ihr Handy heraus, um Marko eine Nachricht zu schreiben, doch ihre Mutter riss es ihr aus der Hand.

„Nein!“

„Aber ich muss ihm doch ...“

„Der Kommissar hat gesagt, dass wir niemandem mitteilen dürfen, wo wir sind.“ Sie entfernte den Akku aus dem Handy und steckte es in ihre Handtasche.

„Das kannst du nicht machen, Mama! Ich muss Marko doch wenigstens schreiben, dass wir noch ein paar Tage länger in den Ferien bleiben!“

Ihre Mutter schüttelte den Kopf. Sie wirkte ängstlich und verwirrt. „Nein! Keine Handys mehr! Man kann diese Dinger orten, und dann weiß er, wo wir sind!“

„Aber Mama ...“

„Schluss jetzt! Wir müssen weg sein, bevor er hier ist!“

Seitdem sitzt Amelie nun in der blöden Ferienwohnung fest. Jeden Tag fährt ihre Mutter in den Nachbarort und ruft von dort mit einem altmodischen Münztelefon Hauptkommissar Keller auf seinem Handy an. Jedes Mal, wenn sie in die Ferienwohnung zurückkehrt, blickt Amelie sie hoffnungsvoll an, doch sie schüttelt immer bloß den Kopf. Dr. Stefan Schiller, der Mann, der geschworen hat, sie beide umzubringen, ist immer noch auf freiem Fuß.

Wenigstens geht es Marko den Angaben des Kommissars zufolge gut.

Amelie verfolgt die Bahn eines Regentropfens mit dem Finger.

„Wir können uns doch nicht ewig verstecken!“, sagt sie.

„Die Polizei wird ihn schon kriegen!“, erwidert ihre Mutter. Doch es klingt nicht sehr überzeugend.

3.

Der Hügel, auf dem ich meine Hütte errichtet habe, liegt am Rand einer weiten Ebene. Ich durchquere sie und erreiche den Wald auf der anderen Seite. Wo genau hab ich beim letzten Mal meine Hütte gebaut? Der exakte Standort ist wichtig, denn genau darunter lag der unterirdische Fluss, in den ich gestürzt bin und der zur Höhle mit Gronkhs Behausung führte. Doch der Wald ist groß, und meine Erinnerungen sind undeutlich. Die Sonne steht bereits niedrig, und ich will die Nacht lieber nicht im Freien verbringen. Also schlage ich rasch noch ein paar Holzwürfel und baue eine primitive Hütte, wobei ich darauf achte, wie beim letzten Mal einen steilen Hang als Rückwand zu nutzen.

Sobald ich ein Dach über dem Kopf habe, grabe ich in die Tiefe. Natürlich nicht einfach senkrecht nach unten wie beim ersten Mal, sondern in einer spiralförmigen Treppe. Nachdem ich auf eine Eisenerzader gestoßen bin und auch einige Kohleblöcke gefunden habe, crafte ich mir einen Stapel Fackeln und einen Brustpanzer – für eine Vollrüstung reicht das Eisen noch nicht. Dann grabe ich weiter.

Bald ist klar, dass ich die Hütte nicht an der richtigen Stelle gebaut habe. Aufs Geratewohl grabe ich einen Stollen, der parallel zum Waldrand verläuft. Nach kurzer Zeit höre ich vertraute Geräusche: die *Unnghs* von Zombies und das Knochenklackern von Skeletten. Ich ändere die Richtung des Gangs, so dass die Geräusche lauter werden, bis ich schließlich eine Höhle finde. Aber ist es die Richtige?

Bevor ich die Gelegenheit habe, das herauszufinden, trifft mich ein Pfeil. Autsch! Rasch bringe ich an der Wand eine Fackel an. Ihr flackerndes Licht beleuchtet eine schmale Höhle, in deren Mitte sich ein Fluss schlängelt. Der Boden liegt zwei Blöcke unterhalb meines Ganges. Zwei Skelette und ein Zombie sind zu sehen. Kein ernsthaftes Problem für einen erfahrenen Computerspieler. Beherzt springe ich in die Höhle und stürze mich auf das erste Skelett, wobei ich mich im Zickzack bewege, um den Pfeilen auszuweichen. Kurze Zeit später sind von den drei Monstern nur noch ein paar faulige Fleischfetzen, Knochen und Pfeile übrig.

Ich folge dem Flusslauf, wobei ich alle paar Schritte eine Fackel an der Wand anbringe. Hin und wieder treffe ich auf ein einzelnes Monster, mit dem ich jedoch mühelos fertig werde. Sobald ich Eisen in der Höhlenwand schimmern sehe, baue ich die Blöcke ab.

Nach einer Weile öffnet sich der tunnelartige Flusslauf in eine weite Höhle. Ich erkenne ihre Form wieder: Dies ist der Ort, an dem ich Gronkh traf. Doch von seiner unterirdischen Behausung ist nichts zu sehen. Enttäuscht lasse ich meinen Frust an ein paar unschuldigen Skeletten und Creepern aus.

Nachdem ich die ganze Höhle mit Fackeln erleuchtet habe, ist mir klar, dass nicht nur Gronkhs Behausung fehlt. Auch von dem versunkenen Tempel mit dem riesigen Steingesicht im Inneren ist keine Spur zu finden. Ich kann nicht denselben Weg wie beim ersten Mal gehen, um aus der Würfelwelt zu fliehen. Das *Auryn* hat mir zwar ermöglicht, die Welt, durch die ich irrte, neu zu erschaffen, aber die Kopie ist offensichtlich nicht exakt.

Was nun? Ich könnte hier eine Hütte bauen und hoffen, dass Gronkh vielleicht irgendwann vorbei kommt. Wäre es nicht ironisch, wenn sich herausstellte, dass nicht er seine unterirdische Behausung gebaut hat, sondern ich? Aber das würde nicht funktionieren. In dieser Welt gibt es keinen Gronkh. Wenn ich keinen anderen Ausweg finde, werde ich für immer einsam herumirren, ohne einen Freund, mit dem ich sprechen kann.

Eine tiefe Traurigkeit überkommt mich. Diesmal wird mir niemand helfen, weder Gronkh noch Concrafter, weder Platon noch der Tod. Dr. Johannsen hatte recht: Es war ein Fehler, die Tür zur Würfelwelt zu öffnen. Indem ich vor der Realität geflohen bin, habe ich alles nur noch schlimmer gemacht. Wenn ich doch wenigstens Platons Warnung beachtet und die Macht des *Auryns* nicht genutzt hätte!

„Amelie!“, rufe ich in meiner Verzweiflung. „Amelie! Kannst du mich hören?“

Doch zur Antwort höre ich nur den Nachhall meiner eigenen Stimme, die von den Höhlenwänden zurückgeworfen wird.

4.

Amelie schreckt aus dem Schlaf. War da eine Stimme?

„Marko?“, fragt sie in die Dunkelheit.

„Hmmwas?“

„Entschuldige, Mama. Ich habe schlecht geträumt.“

Während sie noch versucht, sich an den Traum zu erinnern, lösen sich die Erinnerungen daran auf wie Nebel im Sonnenlicht. Sie versucht, wieder einzuschlafen, doch es will ihr nicht gelingen. Das Gefühl, dass Marko in Gefahr ist und ihre Hilfe braucht, lässt ihr Herz heftig schlagen. Sich nur zu verstecken hält sie nicht länger aus. Sie muss zu ihm! Aber ihre Mutter wird das niemals erlauben.

Nach einer oder zwei ruhelosen Stunden fasst sie einen Plan. Lautlos klettert sie aus dem Bett und zieht sich an. Sie fühlt sich schlecht, als sie hundert Euro aus der Handtasche ihrer Mutter nimmt, aber ohne Geld kann sie nicht fortgehen. Im Badezimmer schreibt sie einen Zettel: *Bin bei Marko. Er braucht mich. Mach dir keine Sorgen, ich passe auf mich auf. Das Geld zahle ich von meinem Taschengeld zurück. Verzeih mir! Amelie.*

Es gelingt ihr, die Tür der Ferienwohnung lautlos zu öffnen und hinter sich zu schließen. Draußen ist es noch dunkel. An einer Bushaltestelle setzt sich auf die Bank. Der nächste Bus in Richtung Bahnhof fährt erst in einer halben Stunde. Jede Minute rechnet sie damit, ihre Mutter und Großeltern mit vor Wut geröteten Gesichtern heraneilen zu sehen. Doch nichts dergleichen geschieht.

Als sich die Bustür hinter ihr schließt, atmet Amelie erleichtert auf. Im selben Moment überkommen sie starke Zweifel. Ist es wirklich klug, sich Marko zu nähern? Ist es nicht genau das, worauf ihr mörderischer Stiefvater wartet? Was, wenn sie in eine Falle tappt? Doch für solche Überlegungen ist es nun zu spät. Es gibt kein Zurück mehr.

Der kleine Bahnhof des Ferienorts hat keinen Fahrkartenschalter. Sie kauft am Automaten eine Fahrkarte bis zum Umsteigebahnhof. Dort löst sie im Servicecenter ein Zugticket nach Hause. Niemand stellt ihr Fragen. Eine Viertelstunde später sitzt sie in einem Großraumwagen, der größtenteils von einer lärmenden Schulklasse belegt ist. Hier fällt sie nicht weiter auf. Während der Fahrt starrt sie aus dem Fenster und versucht, sich einen Plan zurechtzulegen. Aber viel fällt ihr nicht ein, außer dass sie so schnell wie möglich mit Marko sprechen will. Wenn sie doch bloß ihr Handy hätte, um ihm mitzuteilen, dass sie kommt! In der Handtasche ihrer Mutter war es nicht, und in der Eile heute Morgen hatte sie keine Zeit, danach zu suchen.

Endlich erreicht der Zug sein Ziel. Amelie nimmt sich ein Taxi und nennt dem Fahrer Markos Adresse. Ihr Herz pocht heftig, als sie schließlich vor seiner Haustür steht. Ihre Mutter hatte gesagt, dass die Polizei jemanden zu Markos Schutz abgestellt hat, doch sie kann keine Beamten entdecken. Vielleicht parken sie irgendwo unauffällig in der Nähe.

Sie fasst sich ein Herz und drückt auf das Klingelschild mit dem Namen *Leyenbrink*.

„Ja bitte?“ Es ist die Stimme von Markos Mutter.

„Hallo Frau Leyenbrink, hier ist Amelie. Ich möchte zu Marko.“

„Amelie! Es tut mir leid, aber Marko ... ist nicht da.“

„Darf ich trotzdem reinkommen?“

„Ja, natürlich.“

Der Türsummer erklingt. Amelie hastet die Treppe hinauf. Frau Leyenbrink steht an der geöffneten Wohnungstür. Sie lächelt und umarmt Amelie.

„Schön, dass du kommst! Wo bist du gewesen? Marko hat sich Sorgen um dich gemacht."

Er hat sich Sorgen gemacht! Ein warmes Gefühl erfüllt sie.

„Die Polizei hat gesagt, es ist besser, wenn wir uns eine Weile versteckt halten und niemandem sagen, wo wir sind."

Markos Mutter macht ein überraschtes Gesicht. „Die Polizei? Warum denn das?"

„Mein Stiefvater hat geschworen, sich an meiner Mutter und mir zu rächen."

„Das kann ich mir denken. Aber er sitzt ja zum Glück im Gefängnis."

„Aber ... er ist doch ausgebrochen!"

„Ausgebrochen? Wie kommst du denn darauf?"

„Die Polizei hat meine Mutter angerufen. Ein Hauptkommissar Keller, glaub ich. Er hat gesagt, dass mein Stiefvater aus der Untersuchungshaft geflohen ist. Er meinte, sie stellen jemanden zum Schutz von Marko ab, haben aber nicht genug Leute, um auch uns zu beschützen. Deshalb haben wir uns versteckt."

Markos Mutter runzelt die Stirn.

„Seltsam. Davon weiß ich gar nichts. Am besten, wir rufen mal bei der Polizei an."

Es stellt sich schnell heraus, dass Amelies Stiefvater immer noch in Untersuchungshaft sitzt. Kein Ausbruch. Keine Gefahr. Kein Grund, sich zu verstecken. Aber warum hat ihre Mutter sie angelogen?

Vielleicht wollte sie einfach nicht wieder in ihre Wohnung zurück. Die Jahre mit ihrem zweiten Mann waren für sie beide die Hölle. Möglicherweise hat sie es nicht über sich gebracht, in dieses Leben zurückzukehren, selbst wenn er nicht mehr da ist. Zu viel hätte sie an ihn erinnert. Sie hat sich nicht getraut, die Wahrheit zuzugeben, also hat sie den Ausbruch erfunden. Amelie sollte jetzt wütend auf ihre Mutter sein, doch sie empfindet nur Mitleid.

„Sollen wir deine Mutter anrufen?“, fragt Frau Leyenbrink.

Amelie schüttelt den Kopf, halb aus Trotz, halb, um ihrer Mutter die Peinlichkeit zu ersparen. „Nein, das ist nicht nötig. Das ist sicher nur ein Missverständnis. Ich spreche später mit ihr. Wenn Sie nichts dagegen haben, würde ich gern hier warten, bis Marko aus der Schule kommt.“

Die Stirn seiner Mutter legt sich in Sorgenfalten. „Marko ist nicht in der Schule.“

Amelie bekommt den nächsten Schreck. „Was? Wo ist er dann?“

„In einer Spezialklinik. Er ... sein Gehirn wurde bei dem Koma möglicherweise ... beschädigt. Sein Arzt Dr. Johannsen sagt, es gibt eine gute Chance, dass er wieder völlig gesund wird, aber er muss noch eine Zeitlang dort bleiben.“

„Kann ich ihn sehen?“

„Dr. Johannsen hält es für besser, wenn er ein paar Tage allein ist. Er hat es mir so erklärt, dass Markos Gehirn erst wieder lernen muss, sich in seinem Körper zurechtzufinden. Dazu braucht es eine möglichst reizarme Umgebung, wie er es genannt hat. Keine Störungen, keine Aufregung, kein Besuch. Er hat versprochen, mir mitzuteilen, sobald ich Marko besuchen kann.“

Die Enttäuschung fühlt sich an wie ein Schlag in die Magengrube.

„Aber ich muss ihn sehen!“, sagt Amelie, obwohl sie weiß, dass es lächerlich klingt.

„Ich verstehe dich ja. Er war auch sehr enttäuscht, dass du nicht in der Schule warst. Aber glaub mir, es ist besser, wenn er noch eine Weile die Chance hat, zu sich selbst zu finden.“

„Was meinen Sie damit? Was ist denn nur mit ihm los? Als wir miteinander chatteten, hatte ich das Gefühl, es geht ihm gut.“

Frau Leyenbrink zögert einen Moment, bevor sie antwortet.

„Ich weiß, dass er dir vertraut, Amelie. Deshalb vertraue ich dir auch und sage dir etwas, das niemand sonst wissen darf: Marko leidet unter Halluzinationen. Er ... er sieht Dinge, die nicht da sind. Figuren aus seinem Lieblingscomputerspiel Minecraft.“

Amelie hat schon von Minecraft gehört. Fast alle an ihrer Schule spielen es. Sie selbst hat sich allerdings nie viel aus Computerspielen gemacht.

„Er sieht Wesen aus einem Spiel?“

„Ja, so hat er es mir erklärt. Komm mit, ich zeig dir etwas.“

Sie führt Amelie in Markos Zimmer. Auf einem Schreibtisch steht ein Laptop, daneben türmen sich DVDs und Spieleverpackungen. Frau Leyenbrink deutet auf ein Poster an der Wand. Unter einem merkwürdigen grünen Kastenwesen steht *Creepers gonna creep!*

„Vor ein paar Tagen kam er ganz aufgeregt zu mir und hat mir gesagt, dass das Wesen dort plötzlich verschwunden war“, erklärt Markos Mutter.

„Verschwunden?“

„Für ihn sah es so aus, als sei das Plakat leer, bis auf den grünen Hintergrund, das Logo des Spiels und diesen Spruch. Er hat mich gebeten, mitzukommen und es mir anzusehen. Als wir dann hier in seinem Zimmer standen, war alles wieder normal."

„Kann er sich nicht einfach getäuscht haben? Vielleicht hatte er einen Alptraum oder so."

„Ja, das hab ich auch gedacht. Aber dann hat er mir von weiteren Halluzinationen erzählt. Es gab Vorfälle in der Schule. Er hat zwei Jungs verprügelt, weil er dachte, sie seien Monster. Da wusste ich, dass es stimmt."

„Das was stimmt?"

„Was Dr. Johannsen mir gesagt hat. Er ist Psychiater. Er hat Marko im Krankenhaus besucht, und dann war er hier und hat mit ihm gesprochen. Anschließend hat er mir mitgeteilt, dass Marko höchstwahrscheinlich unter Halluzinationen leidet. Ich wollte es erst nicht glauben, aber schließlich musste ich einsehen, dass er recht hat."

Amelie hat ein merkwürdiges Gefühl im Bauch. Irgendetwas stimmt hier nicht. Sie starrt auf das Poster, als könne der Creeper ihr verraten, was los ist. Dann fasst sie einen Entschluss.

„In welcher Klinik ist Marko?"

„In der Edgar-Johannsen-Privatklinik für Neuropsychiatrie. Warum möchtest du das wissen?"

„Ich möchte gern mit diesem Dr. Johannsen sprechen."

„Das verstehe ich, aber ich fürchte, es wird nichts nützen. Glaub mir, es fällt auch mir nicht leicht, einfach nur hier zu sitzen und zu warten, bis es ihm besser geht. In den ersten Tagen hab ich es nicht ausgehalten und bin zu meiner Schwester gefahren. Ich telefoniere jeden Tag mit Dr. Johannsen. Er ist ein guter Arzt, da bin ich sicher, auch wenn er einen etwas merkwürdigen Eindruck macht. Er sagt, dass es Marko jeden Tag ein bisschen geht. Bald werden wir ihn besuchen können."

Auch Ärzte können lügen, denkt Amelie, doch sie spricht es nicht aus. Stattdessen sagt sie: „Ich gehe dann jetzt nach Hause und telefoniere mit meiner Mutter. Vielen Dank, Frau Leyenbrink."

„Gern geschehen. Grüß bitte deine Mutter von mir."

„Das mache ich."

5.

Aus purem Frust fange ich an zu graben. Nach kurzer Zeit stoße ich auf Bedrock. Probehalber dresche ich ein paar Mal mit meiner Eisenspitzhacke darauf ein, doch wie erwartet hat das keinen Effekt. Die Welt, in der ich mich befinde, scheint den normalen Minecraft-Spielregeln zu gehorchen. Ob ich wohl auch die berühmte Schlusssequenz zu sehen bekomme, wenn ich den Enderdrachen besiege?

Die Erkenntnis trifft mich wie ein Blitz. Natürlich, das ist es!

Als ich das erste Mal durch die Würfelwelt irrte, wusste ich zu Anfang nicht, wer ich bin und was Minecraft ist. All die merkwürdigen Dinge und Wesen, denen ich begegnet bin, waren dazu da, mir bei meiner Erinnerung zu helfen. Zum Schluss hat mir der Enderdrache geholfen, indem er meinen Geist quasi in meinen Körper zurückgeflogen hat, und ich konnte aufwachen. Diesmal ist es anders: Ich bin freiwillig in die Würfelwelt geflüchtet. Ich habe auf der Suche nach einem unmöglichen Ding das *Auryn* gefunden und konnte damit in den Creative Mode wechseln, der mich quasi allmächtig gemacht hat. Das Ergebnis war diese Welt - eine exakte Kopie meiner ursprünglichen Traumwelt. Aber diesmal weiß ich, wer ich bin und wieso ich hier bin, und ich kenne die Spielregeln. Also verhält sich diese Version der Würfelwelt auch so: Alles ist wie im echten Minecraft. Das bedeutet, ich muss das Spiel bis zu Ende spielen und den Enderdrachen besiegen. Dann erscheint ein Portal, mit dem ich in die Wirklichkeit zurückkehren kann. Das ist doch vollkommen klar! Oder?

Vielleicht ist es doch nicht so klar. Vielleicht ist meine Theorie absoluter Unfug. Aber es ist einen Versuch wert und allemal besser, als bloß frustriert herumzuirren. Allerdings ist es keine Kleinigkeit, den Enderdrachen zu bekämpfen. Ich habe es erst einmal versucht und bin grandios gescheitert. Damals war es nur ein Computerspiel. Diesmal hängt mein Leben davon ab, dass ich gewinne.

Die Schlacht mit dem Enderdrachen erfordert eine Menge Vorbereitung. Ich benötige Enderperlen und Lohenpulver, um daraus Enderaugen zu machen, mit denen ich ein Endportal lokalisieren und aktivieren kann. Das wiederum heißt, ich muss mich an der Oberfläche mit Endermen herumprügeln und im Nether mit Lohen. Dann erst folgt der Kampf mit dem Endboss. Zuallererst brauche ich also die bestmögliche Ausrüstung.

Ich beschließe, die Hütte, die ich am Vortag gebaut habe, als Operationsbasis zu nutzen. Zuerst schere ich ein paar Schafe und crafte ein Bett. Bis zum Sonnenuntergang lege ich mir einen Vorrat von gebratenem Schweinefleisch und Holz an. Die Nacht über schlafe ich im Bett und wache am nächsten Morgen erfrischt auf. Sollte ich unterwegs von einem Creeper überrascht werden oder in Lava stürzen, werde ich hier spawnen.

Nun kommt der anstrengende Teil meiner Operation. Ich buddele Gänge, sammele Kohle und Eisenerz, das ich im Ofen schmelze, bis ich genug Eisenbarren für mehrere Vollrüstungen habe. Als nächstes suche ich nach Diamanten. Es dauert eine ganze Weile, bis ich mir daraus ein Schwert und eine Vollrüstung craften kann. Nebenbei finde ich noch allerhand andere nützliche Rohstoffe: Feuersteine für Pfeilspitzen und ein Feuerzeug, Gold und Redstone für einen Kompass und eine Uhr, Smaragde für den Handel mit Dorfbewohnern, falls ich welchen begegnen sollte, Spinnenseide für Pfeil und Bogen und eine Angel.

Immer wieder muss ich mich mit Zombies, Creepern, Skeletten, Höhlenspinnen und gelegentlich sogar mit Hexen herumschlagen, die ihre giftigen Tränke nach mir werfen. Doch all das sind keine ernsthaften Gefahren für mich. Das Kämpfen fällt mir umso leichter, je länger ich hier in der Würfelwelt bin. Die Bewegungen meines Kastenkörpers fühlen sich so natürlich an, als wäre es mein echter. Das Einzige, was dieses Gefühl der Realität stört, ist das Fehlen einiger Sinne: Ich kann sehen und hören, aber nicht riechen, schmecken oder Dinge ertasten. Nur die Stromschläge, die mich bei gelegentlichen Monsterangriffen durchzucken, erzeugen so etwas wie Nervenempfindungen und hinterlassen ein unangenehmes Schwächegefühl.

Schließlich fühle ich mich gut genug gerüstet, um es auch mit den stärksten Gegnern aufzunehmen. Als Erstes sind die Endermen an der Reihe. Die kann ich ohnehin nicht leiden, denn sie erinnern mich an Amelies Stiefvater und Dr. Johannsen. Am einfachsten findet man sie in der Wüste, wo man sie schon aus weiter Entfernung sehen kann. Sobald ich einen Enderman erblicke, provoziere ich ihn, indem ich ihm in die Augen sehe und den Blick abwende, woraufhin er sich zu mir teleportiert. Ich hacke mit dem Diamantschwert auf ihn ein, bis er sich mit einem hässlichen Geräusch in Luft auflöst und dabei mit etwas Glück eine Enderperle zurücklässt. Meistens erleide ich dabei kaum Schaden. Einmal allerdings passe ich nicht auf und ärgere zwei Endermen gleichzeitig. Zu allem Überfluss mischt sich auch noch ein Skelett in den Kampf ein, so dass ich nur knapp mit dem Leben davon komme.

Als der Morgen graut, habe ich immerhin fünf Enderperlen erbeutet. Während des Tageslichts crafte ich mir einen Eimer und fülle ihn mit Wasser aus dem unterirdischen Fluss. Dann suche ich mir einen Lavateich und stelle Obsidian her, indem ich die Lava mit Wasser abkühle. So erzeuge ich zehn Obsidianblöcke, mit denen ich ein Netherportal errichte.

Inzwischen ist es wieder Nacht, und die Jagd auf die Endermen geht weiter. Diesmal bin ich erfolgreicher und kehre mit ganzen neun Enderperlen heim. Als der Tag anbricht, trete ich durch das Netherportal. Ein kurzes Schwindelgefühl packt mich, und Sekunden später stehe ich in der Region, die in Minecraft der Hölle entspricht. Als ich das letzte Mal hier war, bin ich Zombie-Pigmen-Mönchen begegnet, die mir geholfen haben, den Ausweg aus dem Nether zu finden. Damals war das Portal, das ich in der Stadt des Todes durchschritt, nur in einer Richtung begehbar. Doch diesmal ist es anders: Ich höre das beruhigende Summen des Netherportals hinter mir, kann also jederzeit an die Oberfläche zurückkehren.

Ein von Glowstone und brennendem Netherstein beleuchteter Gang führt in eine große Höhle, in der sich ein Lavafall aus der Decke ergießt. Und schon bekomme ich den ersten Ärger: Ein Ghast schwebt wie eine gigantische Qualle über dem Lavasee und fängt sofort an, mich mit Feuerbällen zu beschießen, wobei er weinerliche Babyschreie auszustoßen. Statt das Monster zu bekämpfen, verschwinde ich rasch durch einen Ausgang auf der anderen Seite. Dort führt ein enger Gang in eine langgestreckte Höhle, in der ich Zombie-Pigmen begegne, den hässlichen, aber friedfertigen Bewohnern des Nether. Sie tragen keine Mönchskutten; trotzdem versuche ich, mich mit ihnen zu verständigen. Doch sie reagieren auf meine Kommunikationsversuche nur mit Grunzlauten. Schade, ich hätte sie gern nach dem Weg zur nächsten Netherfestung gefragt. Dort gibt es Spawner für Lohen, die wiederum die Lieferanten für Lohenruten sind. Und die brauche ich, um aus meinen Enderperlen Enderaugen zu machen, mit denen man Festungen finden und die darin enthaltenen Endportale aktivieren kann.

Soweit die Minecraft-Theorie. In der Praxis muss man erstmal eine Netherfestung finden, und das kann dauern. Unverdrossen mache ich mich auf die Suche und begegne nach kurzer Zeit einem Magmaschleim. Wie ein rechteckiger Flummi hüpft das Wesen auf mich zu und versucht, auf mich zu springen und mir so Schaden zuzufügen, doch ich kann ihm mühelos ausweichen. Nachdem ich ihm ein paar Schwerthiebe verpasst habe, zerfällt das Monster in kleinere Schleimwürfel, die in noch kleinere Würfel zerplatzen, wenn ich auf sie einschlage. Nachdem ich auch diese beseitigt habe, bleibt eine glibbrige, grün-rote Kugel übrig: Magmacreme, eine wertvolle Zutat für Tränke.

Ich habe Glück: Nach ein paar hundert Schritten gelange ich in eine große Höhle, die von mehreren Lavafällen beleuchtet ist. In der Mitte eines großen Lavasees ragt eine Festung auf, die aus dunklen Netherziegeln besteht. Sie wird von einem Ghast bewacht, den ich diesmal nicht ignorieren kann. Also liefere ich mir ein kleines Duell mit ihm, hüpfe am Ufer des Lavasees hin und her, um seinen Feuerbällen auszuweichen, und schieße Pfeile in seine Richtung. Es dauert nicht lange, und das Wesen stürzt mit einem kläglichen Schrei in den Lavasee.

Bisher war das alles noch nicht besonders schwierig. Die wirklichen Probleme warten erst im Inneren der Festung auf mich. Dort gibt es Lohen und Witherskelette, beides mehr als ebenbürtige Gegner. Es bleibt mir nichts anderes übrig, als eine Brücke aus Netherstein zu dem Bauwerk zu bauen und mich der Gefahr zu stellen. Die Festung besteht aus mehreren auf Säulen errichteten Gängen, die auf eine zentrale geschlossene Struktur zulaufen. Im Inneren werde ich höchstwahrscheinlich einen Lohenspawner finden, der die kleinen Feuerteufel erzeugt.

Als ich mich dem Eingang zur Festung nähere, höre ich bereits das charakteristische Knochenklacken eines Skeletts. Kurz darauf stürzt mir einer der großen, dunkelgrauen Knochenmänner entgegen. Ich kämpfe wie ein Berserker, kann jedoch nicht verhindern, dass mich das Monster mit einem Schwerthieb trifft. Neben dem inzwischen schon gewohnten elektroschockartigen Gefühl breitet sich Übelkeit in mir aus. Das ist der Withereffekt, der ähnlich einer Vergiftung nach und nach meine Lebenskraft schwächt. Es fällt mir schwerer, mich zu bewegen, außerdem ist es hier oben auf dem schmalen Gang über dem Lavasee nicht einfach, Angriffen auszuweichen. Meine Lebensenergie sinkt bedrohlich ab, bevor ich es endlich schaffe, dem Skelett den Garaus zu machen.

Ich gehe auf sichere Distanz zum Inneren der Festung und nehme einen kleinen Imbiss aus gebratenem Schweinefleisch zu mir. Das Gefühl der Übelkeit und Schwäche klingt allmählich ab. Als ich mich wieder fit fühle, betrete ich den ersten Raum. Dahinter führt ein Gang zu einer Kreuzung. Kaum habe ich diese erreicht, stürmen aus zwei Richtungen Witherskelette heran. Ich schaffe es, eines der beiden zu erledigen, doch bevor ich mich umdrehen kann, um den anderen Knochenmann zu bekämpfen, trifft mich dieser in den Rücken und mir wird schwarz vor Augen.

Ich wache mit leerem Inventar in meinem Bett auf. Auch in dieser gehorcht diese Welt also den Minecraft-Spielregeln. Zum Glück habe ich für diesen Fall vorgesorgt und Ersatzausrüstung in einer Kiste bereitgelegt, allerdings nur eine Eisenrüstung, da ich nicht genug Diamanten hatte. Ich statte mich mit dem Nötigsten aus und kehre an den Ort des Geschehens zurück.

Diesmal bin ich etwas vorsichtiger, locke das Witherskelett hervor, fliehe vor ihm und bekämpfe es aus der Distanz mit Pfeilen, bis es so geschwächt ist, dass ich es im Nahkampf mühelos besiegen kann. Nachdem das Skelett besiegt ist, sammele ich die Ausrüstung ein, die bei meinem Tod hier liegen geblieben ist, lege meine Diamantrüstung wieder an und erkunde die Festung weiter.

Der Gang rechts führt zu einem quadratischen Raum mit einem Lavabrunnen, der keinen anderen Ausgang hat. Ich kehre also zur Kreuzung zurück und folge dem gegenüberliegenden Gang. Kaum habe ich ihn betreten, höre ich ein Geräusch, das an ein metallisches Luftholen erinnert. Eine Lohe! Sie schwebt in einem kleinen Raum, dessen Boden teilweise aus Seelensand besteht. Darauf wachsen rötliche Pilze, genannt Netherwarzen - äußerst nützlich für das Brauen von allerlei Tränken.

Die Lohe fackelt nicht lange, und das ist durchaus wörtlich zu nehmen. Sie flammt kurz auf und entlädt ihre Feuerladung in drei rasch hintereinander abgeschossenen Feuerbällen, von denen mich einer trifft und mir einen schmerzhaften Stromstoß verpasst. Ich nutze die kurze

Pause, in der sich die Lohe neu aufladen muss, um ihr eins mit dem Diamantschwert zu verpassen. Sie wehrt sich mit glühendem Eifer und fügt mir weiteren Schaden zu, so dass ich die Flucht ergreifen muss. Das Monster folgt mir und beschießt mich mit Feuerbällen, denen ich nur knapp ausweichen kann. Sobald es seine Feuerballsalve abgefeuert hat, nutze ich die Gelegenheit, kurz anzuhalten und einen Pfeil in seine Richtung abzuschießen. Auf diese Weise gelingt es mir schließlich, die Lohe zu besiegen. Zur Belohnung lässt sie eine Lohenrute fallen.

Im Raum mit den Netherwarzen pflücke ich die Pilze. Dann kehre ich zur Oberfläche zurück und crafte mir aus drei Steinblöcken und der Lohenrute einen Braustand. Im Ofen schmelze ich etwas Sand und stelle aus drei Glasblöcken einige Flaschen her, die ich mit Wasser fülle und dann mit den Netherwarzen in „Seltsame Tränke" verwandele. In einen dieser Tränke gebe ich die Magmacreme, die ich beim Kampf mit dem Magmaschleim erbeutet habe, und erhalte so einen Trank der Feuerresistenz. Damit ist es wesentlich leichter, Lohen zu bekämpfen.

Derart ausgestattet kehre ich in die Netherfestung zurück. Wie erwartet dauert es nicht lange, bis ich auf die nächste Lohe treffe. Mit dem Schutz des Feuerresistenz-Tranks gelingt es mir mühelos, sie zu besiegen. Solange die Wirkung des Tranks anhält, renne ich durch die Festung, bis ich den Monsterspawner finde und dort zwei weiteren Lohen den Garaus mache. Nun habe ich zwei Lohenruten, aber keine Feuerresistenz mehr. Zeit für den Rückzug.

Ich durchstreife das Nether-Höhlenlabyrinth auf der Suche nach Magmaschleim. Es dauert eine Weile, aber schließlich werde ich fündig und erobere zwei weitere

Magmacreme-Kugeln, die ich in meiner Hütte zu Feuerresistenz-Tränken verarbeite. Mit deren Hilfe gelingt es mir, weitere Lohen zu vermöbeln, bis ich endlich acht Lohenruten besitze. Ich durchstöbere die Festung und finde in einem abgelegenen Raum eine Schatztruhe, die außer ein paar Goldbarren, einer goldenen Rüstung und anderem unnützen Kram einige Melonensamen enthält. Äußerst praktisch, denn Melonen spawnen von selbst nur im Dschungel, und ein Dschungelgebiet habe ich bisher noch nicht entdeckt. Sicherheitshalber baue ich noch ein paar Glowstone-Blöcke ab und kehre schließlich in die Oberwelt zurück. Dort pflanze ich die Melonensamen ein, verarbeite die Lohenruten zu Lohenstaub und crafte mir aus den Enderperlen vierzehn Enderaugen. Das sollte eigentlich reichen, um die nächste Festung zu finden und dort das Endportal zu aktivieren. Nachdem die Melonen reif sind, braue ich mir daraus zusammen mit Netherwarzen und etwas Gold drei Heiltränke. Die kann man immer gebrauchen.

Da gerade die Sonne untergeht, schlafe ich noch einmal in meinem Bett. Am nächsten Morgen breche ich ausgeruht und frohen Mutes auf, um das Ende zu finden und mich dem Kampf mit dem Enderdrachen zu stellen.

6.

Die Edgar-Johannsen-Privatklinik für Neuropsychiatrie liegt in einem vornehmen Villenviertel am Stadtrand. Amelie hat eine ganze Weile gebraucht, um mit dem Bus hierher zu kommen. Die Klinik ist in einem großen, alten Haus untergebracht, das um einen modernen Seitenflügel erweitert wurde. Früher muss hier einmal ein sehr reicher Mann gelebt haben. Amelie gelangt durch ein großes Tor über eine Einfahrt mit mehreren Parkplätzen in die Eingangshalle. Eine junge Frau sitzt hinter einem Tresen und blickt sie missmutig an.

„Was willst du?", fragt sie.

„Mein Name ist Amelie Schiller. Ich möchte gern Dr. Johannsen sprechen."

„Der Doktor hat momentan keine Zeit."

„Bitte, es ist sehr wichtig!"

„Der Doktor ist ein vielbeschäftigter Mann. Wenn jeder, der hier einfach so vorbeikommt, sofort einen Termin bekäme, dann könnte er sich nicht mehr um seine Patienten kümmern. Das verstehst du doch, oder?" Sie spricht wie mit einem Kleinkind.

Amelie improvisiert. „Aber es geht ja um einen Ihrer Patienten, Marko Leyenbrink. Ich habe Informationen, die für seine Behandlung sehr wichtig sein könnten."

Die Empfangsdame verengt misstrauisch die Augen. „Was denn für Informationen?"

„Das kann ich nur Dr. Johannsen persönlich mitteilen."

„Der Doktor hat momentan keine Zeit."

Amelie versucht, ihren Ärger zu unterdrücken. „Dann warte ich eben hier, bis er Zeit hat!"

„Das kann aber ziemlich lange dauern. Der Doktor hat viel zu tun."

„Das ist mir egal. Notfalls warte ich den ganzen Tag. Es ist wirklich wichtig!"

Die junge Frau blickt an die Decke, als flehe sie um himmlischen Beistand. „Du bist aber wirklich hartnäckig! Also schön, ich frage kurz nach, wann er einen Termin frei hat."

Sie wählt eine Nummer auf ihrer Telefonanlage. „Dr. Johannsen? Hier ist ein Mädchen, das Sie sprechen möchte, eine Amelie Schiller ..."

Der Gesichtsausdruck der Empfangsdame verändert sich, während sie die Antwort des Arztes hört. Ihre missmutige Miene wird durch Überraschung ersetzt.

„Ja, selbstverständlich, Herr Doktor. Ich sage es ihr."

Nachdem sie aufgelegt hat, ist sie plötzlich viel freundlicher. „Du hast Glück, der Doktor hat gleich Zeit für Dich. Nimm doch bitte noch einen Moment dort drüben auf den Stühlen Platz."

Amelie muss nicht lange warten. Ein muskulöser Mann mit Glatze, der weiße Arztkleidung trägt, kommt aus einer Seitentür auf sie zu.

„Amelie Schiller?"

Sie erhebt sich. „Dr. Johannsen?"

„Nein, ich bin Pfleger Bertram. Ich bringe dich zum Doktor."

Der Mann ignoriert ihre ausgestreckte Hand und führt Amelie durch eine Tür mit dem Schild *Zutritt nur für Klinikpersonal* in einen neonbeleuchteten Gang. Am Ende befindet sich eine Metalltür, an der ein Warnschild angebracht ist:

Geschlossene Station – Sicherheitshinweise beachten!

1. *Betreten nur in Begleitung eines Mitglieds des Pflegepersonals gestattet*
2. *Beruhigungsinjektion griffbereit halten*
3. *Patienten nicht reizen, nicht widersprechen*
4. *Renitente Patienten ruhigstellen und ins Beruhigungszimmer überführen*
5. *Gewalt nur im Notfall anwenden!*

Bertram öffnet eine Tür mit der Aufschrift *Klinikleitung* auf der linken Gangseite. Dahinter liegt ein kleines Vorzimmer. Eine ältere Dame mit dunkler Brille blickt von ihrem Computer auf.

„Das ist Amelie Schiller", erklärt er. „Ich soll sie sofort zu Dr. Johannsen bringen."

Die Frau nickt Amelie zu. Sie deutet auf eine Tür neben ihrem Schreibtisch. „Geh bitte gleich durch. Der Doktor erwartet dich."

Das Büro nebenan ist großzügig und modern eingerichtet. Bodentiefe Fenster geben den Blick auf einen kleinen Park mit alten Bäumen frei. An den Wänden befinden sich Regale mit Fachbüchern. Dr. Johannsen erhebt sich von seinem Schreibtisch. Er ist schmächtig, doch seine Augen mustern Amelie mit der Intensität eines Raubvogels. Seine Hakennase verstärkt diesen Eindruck noch.

„Amelie! Wie schön, dich kennenzulernen!" Seine Hand fühlt sich schlaff an.

„Danke, dass Sie sich Zeit für mich nehmen, Dr. Johannsen. Ich bin wegen Marko Leyenbrink gekommen."

„Aha, ach so. Ja, natürlich. Marko hat oft von dir gesprochen. Aber setz dich doch bitte."

Amelies Herz pocht heftig. *Er hat oft von mir gesprochen!* Sie ignoriert die Aufforderung.

„Wie geht es ihm? Kann ich zu ihm?“

Dr. Johannsen runzelt die Stirn, als müsse er über die Frage nachdenken. Dann schüttelt er den Kopf. „Er darf momentan keinen Besuch empfangen. Leider.“

„Ich weiß, seine Mutter hat mir erzählt, dass er erst wieder zu sich selbst finden muss oder so. Aber ich bin sicher, dass ich ihm dabei helfen kann!“

Der Arzt blickt sie scharf an. „Du hast mit Markos Mutter gesprochen?“

„Ja. Sie hat mir gesagt, dass er in einer reizarmen Umgebung sein muss. Aber ich verstehe das nicht. Wenn er wieder zu sich selbst finden soll, dann ist es doch sicher am besten, wenn er in seiner vertrauten Umgebung ist, oder nicht?“

Dr. Johannsens Blick scheint sie abzutasten wie ein Radargerät. „Aha. Du bist also der Ansicht, dass du besser als ich weißt, wie Marko zu therapieren ist?“

„Nein ... das hab ich natürlich nicht gemeint. Ich verstehe bloß nicht, wieso ...“

„Setz dich bitte!“

Amelie folgt der Aufforderung.

„Also, dann werde ich dir jetzt erklären, was mit deinem Freund passiert ist. Unser Gehirn ist im Grunde nichts anderes als ein sehr leistungsfähiger biologischer Computer. Und wie jeder Computer kann auch das Gehirn Softwarefehler haben. Das nennt man dann eine Geisteskrankheit. Manchmal stürzt das Programm in unserem Kopf ab, und der Mensch fällt in ein Koma. Das kann zum Beispiel durch einen Schock ausgelöst werden, oder durch eine organische Erkrankung.“

„Marko ist ins Koma gefallen, weil mein Stiefvater ihm eine Überdosis irgendeines Mittels gespritzt hat!"

„Ach so. Das hat er gesagt. Aber man hat in seinem Körper keine Spuren eines solchen Mittels gefunden."

Amelie kann kaum glauben, was sie da hört. „Heißt das etwa, sie zweifeln an Markos Aussage?"

Der Arzt beugt sich vor. „Wenn ich eines in vielen Jahren als Psychiater gelernt habe, liebe Amelie, dann dieses: Eine absolute Wahrheit gibt es nicht. Das, was wir als unsere Welt wahrnehmen, ist nicht die Realität. Es ist nur ein Bild, das sich unser Gehirn konstruiert. Dieses Bild kann die Wirklichkeit niemals exakt wiedergeben. Die Frage ist nur, wie groß die Abweichungen sind. Es gab mal einen griechischen Philosophen namens Platon, der hat in seinem berühmten Höhlengleichnis ..."

Amelie muss sich selbst daran hindern, vom Stuhl aufzuspringen. „Entschuldigung, aber was hat griechische Philosophie mit Markos Zustand zu tun?"

„Was ich damit sagen will", fährt Dr. Johannsen ungerührt fort, „ist, dass Marko vielleicht selbst nicht genau weiß, was mit ihm geschehen ist. Sein Gehirn wurde bei dem Koma offenbar geschädigt. Seit er aufgewacht ist, leidet er unter starken Wahrnehmungsverzerrungen. Du kannst es Halluzinationen oder Wahnvorstellungen nennen, wenn du willst. Auch seine Erinnerungen sind möglicherweise in Mitleidenschaft gezogen worden. Leider gibt es keine Möglichkeit, das genau festzustellen. Wir wissen lediglich, dass Marko glaubt, von deinem Stiefvater eine Spritze erhalten zu haben. Und wir wissen, dass er in seiner Praxis war, dort zusammengebrochen ist und Dr. Schiller sofort einen Krankenwagen gerufen hat. Alles andere ist für mich als objektiver Arzt zunächst mal eine Hypothese."

Amelies ganzer Körper bebt vor Wut. „Sie ... Sie haben ja keine Ahnung, was mein Stiefvater für ein Mistkerl ist!", stößt sie hervor. „Er hat meine Mutter und mich jahrelang unter Drogen gesetzt. Er hat ..."

Sie stockt. Dr. Johannsen mustert sie, wie ein Schmetterlingssammler einen seltenen Falter betrachten würde.

„Aha. Was genau hat er dir angetan, Amelie?"

Ihr wird plötzlich übel. „Ich ... ich muss jetzt gehen", sagt sie und steht auf.

Der Arzt erhebt sich ebenfalls. „Ach so. Aber du kannst jederzeit wiederkommen. Ich kann dir helfen, deine schrecklichen Erlebnisse zu verarbeiten. Ich kann dich von der Last befreien, die du mit dir herumträgst, und dir ein unbeschwertes Leben ermöglichen."

Amelie blinzelt ihre Tränen beiseite. Sie hat plötzlich Angst vor diesem Psychiater. Ohne ein Wort verlässt sie den Raum, durchquert das Vorzimmer und tritt auf den Flur. Sie wendet sich nach rechts in Richtung des Empfangs, als plötzlich hinter ihr laute Stimmen zu hören sind.

„Achtung! Die Tür!"

„Sedieren! Sofort sedieren!"

„Ich versuch's ja, aber ich kann ihn nicht ..."

Amelie fährt herum. Die Metalltür mit dem Warnschild fliegt auf. Ein älterer Mann in einem Bademantel stürmt in den Flur, dicht gefolgt von Pfleger Bertram und einer älteren Frau in der weißen Kleidung einer Pflegerin.

„Sie haben ihn unter Drogen gesetzt!", ruft der Mann. „Sie halten ihn gegen seinen Willen hier gefangen! Du musst ihn hier rausholen, Amelie!"

„Jetzt reicht es aber, Karl!“, brüllt Bertram. „Diesmal wird das ernste Konsequenzen haben, das schwöre ich dir!“ Er packt den Mann im Bademantel von hinten und umklammert seine Brust, während die Frau eine Spritze in den Oberschenkel des Patienten rammt.

Karl scheint das alles eher amüsant als bedrohlich zu finden. Er zwinkert Amelie zu. „Wir sehen uns!“

Seine Augen rollen nach oben und er sackt in sich zusammen. Mit vereinten Kräften zerren die Pfleger ihn zurück in den Patiententrakt.

„Bitte entschuldige!“, sagt Dr. Johannsen, der ebenfalls auf den Flur getreten ist. „Das hätte nicht passieren dürfen. Unsere Sicherheitsmaßnahmen sind eigentlich sehr gut. Aber manchmal schaffen es die Patienten doch, uns auszutricksen.“

„Wer ... wer war das?“, fragt Amelie.

„Karl? Der ist schon lange mein Patient. Er leidet unter paranoider Schizophrenie. Er hält sich für Gott.“

„Für Gott?“

„Nun ja, nicht ganz, jedenfalls nicht im religiösen Sinn. Er ist Schriftsteller. Er glaubt, dass er sich all das hier nur ausgedacht hat - die Klinik, dich, mich. Wie ich schon sagte, unser Gehirn konstruiert sich manchmal seltsame Bilder der Wirklichkeit.“

Amelie nickt verwirrt. Sie lässt sich von Dr. Johannsen bis zum Ausgang begleiten. Gedankenverloren geht sie zur Bushaltestelle. Im Büro des Arztes war sie noch fest davon überzeugt, dass er sie anlügt. Doch auf einmal ist sie sich nicht mehr so sicher. Ein Schriftsteller, der glaubt, er habe sich die Welt ausgedacht, das ist wirklich verrückt. Aber für diesen Karl ist es wahrscheinlich eine ganz plausible Sichtweise.

Was, wenn auch sie sich irrt? Was, wenn das, was sie für die Wirklichkeit hält, gar nicht die Realität ist – jedenfalls nicht in jeder Hinsicht? Auch ihre Mutter lebt offensichtlich in ihrer eigenen Welt, in der ihre Angst die Wahrnehmung verzerrt. Wie sonst wäre es zu erklären, dass sie Amelie belogen hat?

Enttäuschung macht sich in ihr breit, als ihr klar wird, dass sie nichts tun kann, um Marko zu helfen. Sie kann nur hoffen, dass Dr. Johannsen trotz seiner merkwürdigen Art ein guter Arzt ist. Den ganzen Weg hierher hätte sie sich sparen können. Immerhin weiß sie jetzt, dass ihr Stiefvater immer noch hinter Schloss und Riegel sitzt. Am besten, sie fährt nach Hause ruft ihre Mutter an.

Als sie schon im Bus sitzt, läuft noch einmal die Szene in der Klinik vor ihrem geistigen Auge ab. Sie erinnert sich an die Worte des Mannes im Bademantel: *Sie haben ihn unter Drogen gesetzt! Sie halten ihn gegen seinen Willen hier gefangen! Du musst ihn hier rausholen, Amelie!*

Amelie erstarrt. Dieser Karl mag ja verrückt sein, aber woher kannte er ihren Namen?

7.

Um die nächstgelegene Festung zu finden, werfe ich eines der Enderaugen. Es zischt ab wie eine Silvesterrakete, wobei es eine violett glitzernde Spur hinterlässt. Auf dem Gipfel seiner Flugbahn verharrt es einen Moment in der Luft, bevor es mit einem kaum hörbaren Plopp verschwindet. Mist!

Eigentlich hatte ich gehofft, dass ich dieses Auge mehrfach verwenden kann - normalerweise zerplatzen sie nicht gleich beim ersten Mal. Aber jetzt weiß ich wenigstens, in welche Richtung ich gehen muss. Das Wetter ist schön, die Landschaft sanft und hügelig, und ich würde ein Liedchen pfeifen, wenn ich wüsste, wie ich meine aufgemalten Lippen schürzen kann. Ich durchwandere eine Wüste und klettere über ein steiles Gebirge. Auf der anderen Seite liegt ein Wald, in dem Riesenpilze aufragen. Auch diesen durchquere ich ohne besondere Ereignisse, wobei mir der Kompass hilft, die Richtung beizubehalten.

Als der Abend anbricht, errichte ich eine primitive Hütte und warte die Nacht ab, während draußen Zombies und Skelette herumgeistern.

Am nächsten Morgen werfe ich erneut ein Enderauge. Diesmal habe ich mehr Glück: Das Auge zerplatzt nicht, sondern fällt zu Boden, so dass ich es aufsammeln und wiederverwenden kann.

Gegen Mittag sehe ich von einem Hügel aus in der Ferne Häuser. Sie liegen nicht genau auf meinem Weg, aber ich beschließe, einen kleinen Abstecher zu machen. Wer weiß, vielleicht kann ich dort meine Smaragde gegen etwas Nützliches eintauschen.

Doch seltsam, als ich das Dorf erreiche, scheint es leer zu sein. Dabei hätte ich schwören können, aus der Ferne die Bewohner herumwuseln zu sehen. Merkwürdig. Anscheinend gibt es doch leichte Unterschiede zwischen dieser Welt in meinem Kopf und der echten Spielwelt. Der Gedanke bereitet mir Unbehagen, ohne dass ich genau sagen könnte, warum.

Das Dorf ist relativ groß und verfügt sogar über eine Kirche. Vielleicht sind die Dorfbewohner gerade zum Gottesdienst versammelt? Doch die Kirche ist leer.

Als ich wieder auf die Straße trete, glaube ich, hinter einem Fenster eine Bewegung wahrzunehmen. Im Inneren des Hauses treffe ich auf einen Dorfbewohner mit charakteristischer Knollnase. Seine braune Robe weist ihn als Bauern aus. Als er mich sieht, scheinen sich seine schielenden Augen für einen Moment zu weiten, und er macht ein erschrecktes Geräusch, das wie „Au!“ klingt. Bevor ich auch nur „Hallo“ sagen kann, flüchtet er aus dem Haus. Ich folge ihm hinaus auf den Kiesweg, der mitten durch das Dorf verläuft. Er flitzt auf seinen Stummelbeinchen davon, als sei ein Zombie hinter ihm her.

„Halt, warte doch mal!“, rufe ich, doch der Dorfbewohner rennt weiter in Richtung eines Waldes. Im Schatten großer Eichen nehme ich Bewegungen wahr. Sind da etwa noch mehr Knollnasen versteckt? Doch als ich den Waldrand erreiche, ist nichts mehr von ihnen zu sehen. Auch der Dorfbewohner, der vor mir geflüchtet ist, scheint spurlos verschwunden. Was haben die bloß gegen mich? Normalerweise sind Dorfbewohner friedlich und freuen sich, wenn man mit ihnen Handel treibt.

Schließlich gebe ich die Verfolgung auf. Ohne lange über das seltsame Verhalten der Dorfbewohner nachzudenken, setze ich meinen Weg fort. Als sich die Sonne dem Horizont zuneigt, zeigt das Enderauge eine andere Richtung an. Ich muss der Festung bereits recht nahe sein. Nachdem ich etwa hundert Schritte gegangen bin, erreiche ich eine weite Ebene. Noch einmal werfe ich ein Enderauge, das jedoch nicht wie bisher in die Luft schießt, sondern fast senkrecht im Boden verschwindet. Bingo!

Ich fange an zu graben. Es dauert nicht lange, bis ich auf ein Höhlensystem stoße, in dem mich eine ungewöhnlich große Anzahl von Skeletten, Zombies und Creepern erwartet. Nachdem ich ihnen den Garaus gemacht habe, entdecke ich verräterische moosbewachsene Blöcke in der Höhlenwand. Mit der Spitzhacke schlage ich eine Öffnung hinein und gelange in eine alte Bibliothek. Augenblicklich werde ich von einem ganzen Schwarm Silberfischchen attackiert. Ein einziges dieser kleinen, insektenartigen Biester wäre harmlos, aber ein halbes Dutzend von ihnen könnten einem weniger gut ausgerüsteten Abenteurer durchaus gefährlich werden.

Nachdem ich das Ungeziefer beseitigt habe, durchsuche ich die Bibliothek und finde in einer Büchertruhe ein Zauberbuch. Als ich es in meinem geistigen Inventar aktiviere, glüht mein Bogen kurz auf und zeigt danach einen magischen Schimmer. Ich bin nicht sicher, welchen Effekt das Zauberbuch auf die Waffe gewirkt hat, aber er wird im Kampf gegen den Enderdrachen sicher nützlich sein.

Eine Wohngemeinschaft aus Höhlenspinnen, Zombies, Creepern und Skeletten scheint sich durch meine Erkundung der Festung gestört zu fühlen. Doch wer gut genug gerüstet ist, um gegen einen Enderdrachen zu kämpfen, für den sind solche Normalomonster eher lästig als gefährlich.

Endlich erreiche ich im Untergeschoss der Festung den Raum, den ich gesucht habe. Er ist länglich und hat in der Mitte ein Podest, zu dem eine Steintreppe hinaufführt. Auf der Treppe steht ein brennender Käfig, in dem ein kleines Silberfischchen herumwirbelt - ein Monsterspawner. Folglich wimmelt es in diesem Raum von den Plagegeistern.

Es dauert nicht lange, bis ich die Tiere beseitigt und den Spawner durch Platzieren von ein paar Fackeln deaktiviert habe. Nun kann ich mich dem Endportal widmen, das sich oben auf dem Podest befindet. Es besteht aus einem Lavabecken, das von zwölf speziellen Steinblöcken umgeben ist. Sie haben oben Einbuchtungen, in die jeweils genau ein Enderauge passt. Alle sind leer.

Ich platziere zwölf Enderaugen auf den Blöcken. Ein summendes Geräusch ertönt, als ich das letzte Auge in seine Fassung lege, und über der Lava entsteht ein schwarzes Feld. Nein, eigentlich ist es kein Feld, sondern ein Loch. Ein unendlich tiefes, schwarzes Loch ...

Wie gelähmt stehe ich am oberen Ende der Treppe und starre in die Finsternis. Ich kann meinen Herzschlag im Hals spüren, obwohl mein Kastenkörper gar keinen Hals hat. Die Schwärze zieht mich magisch an und erzeugt gleichzeitig panische Angst in mir. Dies ist das Ende! Ich werde sterben, wenn ich mich in diese Dunkelheit stürze!

Ich weiß nicht, wie lange ich so verharre, gefangen zwischen dem Wunsch, diesen Alptraum zu beenden, und der Angst vor der Auslöschung meiner Existenz. Plötzlich wird mir schwindelig, und meine Kastenbeine werden weich wie Schaumgummi. Ich kippe vornüber in die Dunkelheit, zu entsetzt, um zu schreien.

8.

Die Sonne ist längst untergegangen, und es ist kühl geworden. Amelie zittert leicht - ob vor Kälte, Aufregung oder Furcht könnte sie nicht sagen. Sie steht an dem hohen Zaun, der die Klinik umgibt, und beobachtet das Gelände. Alles ist ruhig. Die meisten Fenster sind noch erleuchtet.

Sie haben ihn unter Drogen gesetzt! Sie halten ihn gegen seinen Willen hier gefangen! Du musst ihn hier rausholen, Amelie!

Kann sie den Worten des Mannes im Bademantel trauen? Wenn es stimmt, was Dr. Johannsen gesagt hat, dann ist er ein verrückter Schriftsteller, der sich für allmächtig hält. Wahrscheinlich hat er nur Unsinn geredet. Aber er kannte Amelies Namen, und das bedeutet, er muss mit Marko gesprochen haben. Sie muss herausfinden, was mit ihm los ist! Vielleicht kann sie ihn von außen durch ein Fenster sehen. Es würde ihr genügen, zu wissen, dass es ihm gutgeht.

Amelie war nicht zuhause und hat ihre Mutter nicht angerufen. Wozu auch? Sie hätte ohnehin nur eine Menge Ärger bekommen und ganz sicher nicht die Erlaubnis, das zu tun, was sie vorhat. Also ist sie einfach nach zwei Stationen wieder aus dem Bus ausgestiegen und so lange durch die Villengegend gewandert, bis es endlich dunkel wurde. Nun muss sie irgendwie über diesen Zaun klettern. Er ist mindestens zwei Meter hoch und oben mit mehreren Bahnen Stacheldraht gesichert, fast wie bei einem Gefängnis. In der Nähe steht außerhalb des Klinikgeländes ein alter Kastanienbaum, dessen Äste über den Zaun ragen. Wenn es ihr gelingt, auf den Baum zu klettern, könnte sie von einem der unteren Äste in den Garten springen. Allerdings hätte sie dann keinen Rückweg.

Die andere Seite der Straße, die an dem Klinikgelände vorbeiführt, ist von Einfamilienhäusern mit gepflegten Vorgärten gesäumt. In einem davon entdeckt Amelie einen kleinen, grün gestrichenen Schuppen. Vielleicht findet sie darin ein Seil, das sie borgen kann? Die Gelegenheit scheint günstig: Die abgelegene Straße ist leer, und auch hinter den Fenstern ist niemand zu sehen. Amelie springt über einen niedrigen Gartenzaun und huscht in den Schatten zu dem Schuppen. Er ist mit einem Vorhängeschloss gesichert. Mist!

Neben dem Haus steht eine Trommel mit einem aufgerollten Gartenschlauch. Das müsste funktionieren. Sie löst das Ende des Schlauchs von dem Wasserhahn, an den es angeschlossen ist. Die Trommel ist ziemlich schwer. So schnell sie kann, schleppt sie den Schlauch durch den Vorgarten.

Plötzlich bellt ein Hund im Inneren des Hauses. Im selben Moment kommt ein Auto die Straße entlang. Mitten im Vorgarten, die Schlauchrolle in beiden Händen, wird Amelie vom Scheinwerferkegel des Wagens erfasst. Doch das Auto fährt vorbei, und niemand stürmt wütend aus dem Haus, um sie des Diebstahls zu bezichtigen.

Erleichtert huscht sie mit dem Schlauch zu der Kastanie. Schon als kleines Kind ist sie immer gern auf Bäume geklettert und hat eine gute Körperbeherrschung. Sie zieht Schuhe und Strümpfe aus, so dass ihre Zehen besseren Halt an der Rinde finden. Dann rollt sie den Schlauch ab, wobei die Trommel ziemlich laut quietscht. Schließlich klemmt sie das Schlauchende zwischen die Zähne und krallt ihre Finger in die Unebenheiten des

Stammes. Stück für Stück zieht sie sich an dem Baum empor. Jedes Mal, wenn ein Auto vorbeifährt, erstarrt sie, doch keiner der Fahrer scheint sie zu bemerken.

In gut drei Metern Höhe erreicht Amelie einen Ast, der über den Zaun hinausragt und dick genug scheint, um sie zu tragen. Sie zieht den Schlauch hinauf, soweit es geht, und klettert den Ast entlang, bis sie über dem Klinikgelände ist. Dort wickelt sie den Schlauch ein paar Mal um den Ast, sichert ihn mit einem Knoten und lässt das Ende in den Garten fallen. Es reicht fast bis zum Boden. Rasch hangelt sie sich daran herab.

Im Schatten eines Busches kauernd lauscht sie in die Dunkelheit. Wenn jemand zufällig aus dem Fenster sieht, wird ihm bestimmt der knallgelbe Schlauch auffallen, der vom Baum herabhängt wie eine tote Schlange. Doch es rührt sich nichts. Schließlich fasst sie Mut und schleicht sich zum Klinikgebäude, wobei sie jede Deckung ausnutzt. Das Gras unter ihren nackten Füßen ist kalt und feucht.

Das erste Fenster, das sie erreicht, ist dunkel, doch im zweiten brennt Licht. Vorsichtig späht sie hinein. Ein junger Mann in weißer Pflegerkleidung sitzt an einem Computer. Zum Glück ist er so in das Kartenspiel auf seinem Bildschirm vertieft, dass er Amelie nicht bemerkt.

Die nächsten drei Fenster gehören zu einem großen Gemeinschaftsraum, in dem mehrere Tische stehen. In einer Sitzgruppe vor dem Fernseher sitzen einige Patienten und schauen sich einen alten Zeichentrickfilm an. Der verrückte Schriftsteller ist nicht dabei.

Amelie schleicht weiter und erreicht die Hausecke. Die Fenster auf der anderen Seite sind fast alle dunkel. Nur aus einem Fenster ganz am Ende der Wand brennt Licht. Als

Amelie hineinspäht, entpuppt es sich als Krankenzimmer mit drei Betten. In einem von ihnen liegt Marko!

Schläuche ragen ihm aus Mund und Nase. Drähte führen zu einem fahrbaren Tisch voller elektronischer Instrumente. Auf einem davon zuckt regelmäßig eine Herzschlagkurve. Offenbar liegt er wieder im Koma. Der Grund, weshalb ihn niemand besuchen soll, ist offenbar nicht, dass er Ruhe und Einsamkeit braucht, sondern dass niemand erfahren soll, dass es ihm nicht gut geht. Etwas muss hier in der Klinik schief gegangen sein. Oder ...

„Spezialagentin Amelie?"

Sie bekommt fast einen Herzschlag, als sie die geflüsterte Stimme hinter sich hört. Sie fährt erschrocken herum. Ein dicker Mann mit wirren Haaren und Hornbrille hockt hinter ihr. Er trägt den gleichen Patientenbademantel wie der Schriftsteller.

„Sir William, im Geheimauftrag Ihrer Majestät, zu deinen Diensten", stellt er sich vor. „Bitte folge mir!"

Amelie betrachtet den Verrückten misstrauisch. Wie hat er es geschafft, sich unbemerkt anzuschleichen?

Sir William scheint ihre Zurückhaltung zu spüren. „Ich weiß, wir Geheimdienstleute wirken manchmal etwas einschüchternd auf Zivilisten. Aber du kannst mir vertrauen. Ich bin auf deiner Seite." Er deutet mit dem Kopf auf das erleuchtete Fenster. „Der Feind hält unseren besten Agenten gefangen und verhört ihn mit brutalen Methoden. Wir müssen ihn befreien! Deshalb habe ich im Hauptquartier Verstärkung angefordert. Gut, dass du endlich da bist! Jetzt komm, sonst erwischen sie uns noch!"

Amelie folgt dem Dicken zu einer angelehnten Seitentür. Der Gang dahinter ist dunkel.

„Pssst!“, macht Sir William überflüssigerweise. Er schleicht um eine Ecke und verschwindet in einem Zimmer auf der anderen Gangseite, in dem Licht brennt.

Als Amelie den Raum betritt, blicken ihr drei neugierige Gesichter entgegen. Eines gehört einer älteren Frau mit langen weißen Haaren. Sie sitzt im Schneidersitz auf einem Bett und lächelt.

„Das ist Ismalda, die Prophetin“, stellt Sir William die Frau vor. „Sie hat dein Kommen bereits angekündigt. Dort auf dem Stuhl sitzt Elfie. Du kannst sie wahrscheinlich nicht sehen, denn sie ist ein Gespenst und zeigt sich nur ihren Freunden.“

„Keine Sorge, ich habe mich ihr offenbart“, sagt das angebliche Gespenst. Die junge Frau hat hellblonde, kurze Haare und blaue Augen.

„Und das hier ist Karl, du hast ihn ja schon gesehen. Er behauptet, er sei Gott, aber ansonsten ist er ganz okay.“ Sir William zwinkert Amelie zu.

Karl erhebt sich von seinem Stuhl und reicht Amelie förmlich die Hand. „Schön, dass du gekommen bist. Du spielst nämlich eine wichtige Rolle in meiner Geschichte.“

„Was ist mit Marko?“, fragt Amelie. „Was haben sie mit ihm gemacht?“

„Er wurde vom Feind überwältigt und in eine Verhörzelle gebracht, wo sie ihn auf grausamste Weise foltern“, erklärt Sir William. „Bis jetzt ist er standhaft geblieben und hat ihnen den Aufenthaltsort Ihrer Majestät nicht verraten! Aber ich fürchte, auf Dauer wird er dem Druck nicht standhalten können. Schwester Christa kennt alle Tricks, wie man jemanden zum Reden bringt.“ Er schlägt mit der Faust auf den Tisch. „Ich sage, wir starten eine Befreiungsaktion! Jetzt gleich!“

„Beruhige dich, Sir William!", ermahnt ihn Elfie. „Du wirst uns noch die Pfleger auf den Hals hetzen!"

„Sie haben ihn in ein künstliches Koma versetzt", erklärt Karl.

„Wer?", fragt Amelie. „Und warum?"

„Dr. Johannsen. Damit er nicht redet."

„Unsinn!", mischt sich Sir William ein. „Sie wollen ihn doch zum Reden bringen!"

Amelie blickt verwirrt zwischen den beiden hin und her. Ihr wird klar, dass sie hier nichts Sinnvolles erfahren wird. Sie muss so schnell wie möglich verschwinden und Markos Mutter darüber informieren, dass Dr. Johannsen lügt.

„Hab keine Angst", meldet sich die Prophetin Ismalda zu Wort. Sie lächelt immer noch sanft. „Alles wird gut!"

Karl wirft ihr einen bösen Blick zu. „Musst du immer alles vorhersagen? Du vermasselst die ganze Spannung!"

„Danke für eure Hilfe", sagt Amelie. „Aber ich muss jetzt gehen."

Karl schüttelt den Kopf. „Ich fürchte, das wird nicht möglich sein."

„Was meinst du damit?", fragt Elfie.

„In meinem Buch steht leider etwas anderes."

Amelie hat genug gehört. Sie wendet sich zur Tür, die genau in diesem Moment auffliegt. Die ältere Frau, die heute Nachmittag hinter Karl her war, betritt in Begleitung des Pflegers Bertram das Zimmer.

„Hab ich's mir doch gedacht!", sagt sie.

„Verrat!", ruft Sir William. „Die Sicherheit wurde kompromittiert! Für die Königin!"

Er stürzt sich auf Bertram und versucht, ihn mit einem Karateschlag gegen den Hals niederzustrecken. Doch der stämmige Pfleger wehrt den Angriff mühelos ab und ringt den Dicken zu Boden, wo er ihn mit einem Knie im Rücken festhält. Die anderen Patienten sitzen wie gelähmt da. Nur Ismalda lächelt immer noch.

„Wer bist du, und was willst du hier?“, fragt die Pflegerin.

„Mein Name ist Amelie Schiller. Ich ... ich wollte einen Patienten besuchen. Marko Leyenbrink.“

„Mitten in der Nacht? Wie bist du überhaupt hier reingekommen?“

„Ich ... äh ... ich war heute schon einmal hier. Ich habe mit Dr. Johannsen gesprochen.“

„Er hat dich in die Klinik eingewiesen? Wieso weiß ich davon nichts?“

„Nein, nein. Ich bin bloß eine Freundin von Marko Leyenbrink.“

„Das stimmt“, bestätigt Pfleger Bertram.

„Du bist wegen Marko hier? Warum sagst du das nicht gleich?“ Die Stimme der Pflegerin wird freundlich. „Ich bin Schwester Christa. Komm, ich bringe dich zu ihm. Lass dich von den Verrückten hier nicht irre machen. Die stellen dauernd irgendwelchen Unsinn an.“

„Glaub ihr nicht!“, ruft Elfie. „Sie ist die Schlimmste von allen!“

„Wir sprechen uns noch“, sagt Schwester Christa. Sie fasst Amelie am Arm und führt sie hinaus auf den Flur.

„Was ist mit Marko passiert?“, fragt Amelie. Sie traut der Pflegerin nicht, doch es erscheint ihr am klügsten, sich kooperativ zu verhalten.

„Er hat einen Rückfall erlitten. Heute Nachmittag. Es ging ihm gut und wir dachten, er sei auf dem Weg der Besserung, doch dann ist er plötzlich zusammengebrochen. Wir versuchen alles, um ihn wieder zurückzuholen.“

„Warum wurde er nicht ins Krankenhaus gebracht?“

„Keine Sorge, wir sind hier auf alle Eventualitäten vorbereitet. Marko hat Glück, dass er in den Händen eines der besten Psychiater ist. Wenn jemand ihm helfen kann, dann Dr. Johannsen.“

Amelie folgt ihr in das Krankenzimmer. Markos Augen sind geschlossen. Wenn die Schläuche und das gleichmäßige Piepen der Apparate nicht wären, könnte man meinen, er schliefe friedlich.

Sie beugt sich über ihn. „Marko!“, flüstert sie. „Marko, kannst du mich hören?“

Eine Träne tropft auf seine Wange. Er zuckt leicht. Nur ein Reflex?

„Keine Sorge“, sagt Schwester Christa sanft. „Du bist gleich bei ihm!“

Noch bevor Amelie den Sinn dieses seltsamen Satzes begreift, spürt sie einen schmerzhaften Stich im Hals. Sie versucht, danach zu greifen, doch Schwester Christa hält ihren Arm fest.

Marko!, will sie rufen, doch aus ihrem Mund kommt nur ein Stöhnen, bevor sie in Dunkelheit versinkt.

9.

„Marko! Marko, kannst du mich hören?“ Das Flüstern durchdringt die Schwärze wie ein Lichtstrahl der Hoffnung. Ich will antworten, doch ich habe keinen Körper. Ich bin ein Teil des Nichts. Es gibt mich nicht mehr.

Cogito, ergo sum - ich denke, also bin ich. Platon hat das einen Zirkelschluss genannt, aber es ist die einzige Gewissheit, an die ich mich klammern kann. Irgendetwas ist noch da, das denken kann. Aber wo bin ich? Wieso fühle und sehe ich nichts? Habe ich wirklich gerade Amelies Stimme gehört, oder ist das nur ein Teil meines Traums?

Jetzt erkenne ich etwas vor mir, oder besser gesagt unter mir. Ein matschiggrauer Fleck, der wie aus schwarzem Nebel auftaucht und rasch größer wird. Säulen, die in die Höhe ragen, mit leuchtenden Kristallen darauf. Schwarze Gestalten mit violett glimmenden Augen, die auf dieser trüben Insel in der Dunkelheit herumwuseln. Das Ende.

Plötzlich stehe ich inmitten zahlloser Endermen. Bevor ich daran denke, dass ich ihren Blicken ausweichen muss, teleportiert sich auch schon einer von ihnen heran und die Prügelei beginnt. Es gelingt mir, ihn mit ein paar Schwerthieben niederzustrecken, doch schon höre ich den Enderdrachen heranrauschen. Mit kräftigen Schlägen seiner ledrigen Schwingen jagt er auf mich zu.

Beim letzten Mal ist es mir gelungen, mich um seinen Hals zu klammern, mich an ihm hochzuziehen und auf ihm zu reiten. Doch damals war alles anders, die Welt, durch die ich irrte, verhielt sich nicht wie ein normales Minecraft-Spiel. Diesmal muss ich nach den Regeln kämpfen. Und das bedeutet, ich habe keine Chance, den Drachen zu besiegen, bevor ich nicht die Kristalle auf den Obsidiansäulen zerstört habe, die seine Verletzungen augenblicklich heilen.

Es wird ein wildes Spießrutenlaufen: Ich weiche den permanenten Angriffen des Enderdrachens aus, indem ich ihn auf mich zu fliegen lasse und im letzten Augenblick zur Seite springe. Dann nutze ich den kurzen Zeitraum, während er an mir vorbei rast und wendet, um einen der Kristalle von einer Säule zu schießen. Dabei muss ich die ganze Zeit darauf achten, keinem der Endermen in die Augen zu sehen. Zum Glück sind die Enderkristalle nicht sehr stabil und explodieren schon beim ersten Treffer.

Einmal wird es brenzlig, als ich nicht aufpasse, einen Enderman anblicke und mit ihm kämpfen muss, während der Enderdrache von hinten angreift und mich durch die Luft schleudert. Ohne meine Diamantrüstung wäre ich sicher getötet worden. Stattdessen verliere ich fast alle Lebensenergie und verbrauche einen meiner drei Heiltränke, um mich wieder in Form zu bringen.

Irgendwann habe ich es geschafft, die Kristalle zu zerstören. Jetzt kann ich mich endlich dem Endboss zuwenden. Immer wieder weiche ich dem Angriff des Monsters im letzten Moment aus und schlage nach ihm, doch mein Diamantschwert scheint gegen die schwarzen Drachenschuppen kaum etwas auszurichten. Sobald ich ihn getroffen habe, steigt der Drache in große Höhe empor und sucht nach einem Kristall, der ihn heilt, findet jedoch keinen. Schließlich sinkt er wieder herab und schießt mit vor Wut glühenden Augen auf mich zu.

Mir fällt wieder ein, dass ich beim letzten Mal mit dem Drachen sprechen konnte.

„He, Drache, wollen wir nicht versuchen, das hier friedlich zu lösen?“, rufe ich ihm zu. „Du und ich, wir haben doch schon einmal gemeinsam gegen einen Feind gekämpft, erinnerst du dich?"

Der Drache erinnert sich offenbar nicht. Er greift wieder an.

Ich komme mir vor wie ein Torero, nur ohne rotes Tuch. Ausweichen, zuschlagen, dabei immer schön nach oben gucken, damit ich nicht aus Versehen einen Enderman provoziere. Es ist beinahe wie ein Tanz, und nachdem ich noch einen Heiltrank verbraucht habe, finde ich allmählich meinen Rhythmus.

Als ich dem Drachen einen weiteren Schlag versetze, schwebt er langsam in die Höhe. In seiner schwarzen Haut erscheinen Risse, durch die grelles violettes Licht nach außen dringt. Dann explodiert er in einer spektakulären Lichtshow.

Neben mir ist eine Art Springbrunnen entstanden, der statt Wasser eine wabernde schwarze Fläche enthält - das Portal, das im Spiel in die Oberwelt zurückführt. Auf einer Säule in der Mitte liegt ein schwarzes Drachenei. Ich nehme es an mich und blicke in den Brunnen. Werde ich aufwachen, wenn ich dort hineinspringe? Werde ich wieder in der Minecraft-Oberwelt landen? Oder werde ich sterben? Jede dieser drei Möglichkeiten erscheint auf ihre Weise plausibel. Doch es gibt nur einen Weg, herauszufinden, welche richtig ist.

„Amelie!", rufe ich und springe in den Brunnen.

Finsternis umgibt mich. Während ich durch das Nichts falle, höre ich Stimmen.

„Meinst du, er kann uns hören?"

„Nein. Wie sollte er?"

Richtig, der Epilog. Wenn man den Enderdrachen besiegt hat, läuft im Computerspiel ein Text über den

Bildschirm, in dem sich zwei höhere Wesen über den Spieler unterhalten.

„Ich dachte, er hätte gerade etwas geflüstert." Ich kenne diese Stimme. Sie gehört nicht einem höheren Wesen, sondern Schwester Christa. Dies ist nicht die Endsequenz in Minecraft. Ich bin kurz davor, aufzuwachen!

„Unsinn. Er schläft tief und fest." Das war eindeutig Pfleger Bertram.

„Als das Mädchen bei ihm war, hatte ich Angst, er wacht auf", erwidert Schwester Christa. „Die Gehirnstromkurven haben sich verändert, so als hätte er sie wahrgenommen."

„Das kann nicht sein!"

„Doch, sieh mal!", erwidert Schwester Christa. „Das sind keine Delta-Wellen mehr. Er wacht auf!"

Innerlich jubele ich auf. Ich habe es geschafft! Mein Sieg gegen den Enderdrachen hat mich in die Wirklichkeit zurückgebracht! Ich versuche, die Augen zu öffnen, aber sie fühlen sich an wie zugeklebt. Vielleicht dauert es noch etwas, bis meine Muskeln wieder richtig funktionieren.

„Verdammt", flucht Bertram. „Wir müssen die Dosis erhöhen. Schnell!"

Oh nein! Ich will etwas sagen, doch meine Lippen bleiben reglos.

„Pass auf, dass du ihm nicht zu viel gibst, sonst wacht er nie wieder auf." Das war wieder Bertram.

„Und wenn schon", meint Schwester Christa. „Dann sind wir diesen Störenfried wenigstens ein für alle Mal los."

„Dr. Johannsen hat gesagt, der Junge darf auf keinen Fall sterben!"

„Das wird er schon nicht. Mach dir nicht ins Hemd. Ich weiß, was ich tue."

Die Stimmen werden immer leiser. Verzweifelt versuche ich, mich gegen die Narkose zu wehren, doch ich bin machtlos. Ich entferne mich wieder von der Wirklichkeit wie ein Ertrinkender, der es fast bis an die Wasseroberfläche geschafft hat, aber dann doch zurück in die Tiefe gezogen wird.

10.

„Es tanzt ein Bi-Ba-Butzemann in unserm Kreis herum, dideldum."

Verwirrt öffnet Amelie die Augen. Sie liegt auf einer Matratze in einem Raum mit knallbunten Wänden. Kinderspielzeug ist überall verstreut.

„Es tanzt ein Bi-Ba-Butzemann in unserm Kreis herum. Er rüttelt sich, er schüttelt sich, er wirft sein Säckchen hinter sich …"

Die Musik verursacht ihr Kopfschmerzen. Als sie sich aufsetzt, wird ihr schwindelig. Wo ist sie? Wie ist sie hierhergekommen? Sie kann sich nicht erinnern.

Während sie noch versucht, die Nebel in ihrem Kopf zu durchdringen, öffnet sich die Tür. Ein Mann in einem weißen Kittel tritt ein. Er hat eine Glatze und eine Hakennase. Irgendwie kommt er ihr bekannt vor, aber ihr fällt nicht ein, wo sie ihn schon einmal gesehen hat.

Der Mann kniet sich nieder und leuchtet ihr mit einer kleinen Taschenlampe in die Augen.

„Wie geht es dir?"

Ich habe Kopfschmerzen, will Amelie sagen, aber ihr Mund fühlt sich an wie mit Watte ausgestopft. Alles, was sie herausbringt, ist: „Schabe Gobwschmän."

„Aha. Ach so. Ich werde dir etwas dagegen geben."

„Wobinsch?"

„Du weißt nicht, wo du bist und wie du hierhergekommen bist?", fragt der Mann.

Amelie schüttelt den Kopf, bereut es aber augenblicklich.

„Ach so. Du hattest einen ... Anfall. Wir mussten dich sedieren. Du wirst eine Weile hier in Behandlung bleiben müssen."

„Bandung? Wafü Bandung?"

„Du leidest unter Schizophrenie, Amelie. Du siehst Dinge, die nicht da sind, und erinnerst dich an Ereignisse, die nie stattgefunden haben. Doch wir können das behandeln."

„Mama!", stößt sie hervor. „Wisu Mama!"

„Aha. Deine Mutter ist bereits informiert. Sie wird bald hier sein."

Der Mann lügt. Amelie weiß nicht, warum sie das denkt, aber sie ist sich ganz sicher. Ein heftiger Schmerz durchzuckt ihren Kopf, als hätte jemand mit einem Vorschlaghammer gegen ihre Stirn geschlagen. Sie stöhnt auf.

„Hier, nimm das. Es wird dir helfen." Er reicht ihr einen kleinen Becher mit Pillen und ein Glas Wasser.

Amelie zögert. Vielleicht sollte sie die Pillen lieber nicht nehmen. Doch die Schmerzen sind zu stark, außerdem hat sie Durst. Also schluckt sie den Inhalt des Bechers und trinkt das Wasser.

„Keine Angst, Amelie. Es wird dir bald besser gehen. Jetzt ruh dich ein bisschen aus."

Und tatsächlich: Nachdem der Mann gegangen ist, lassen die Kopfschmerzen allmählich nach. Amelie fühlt sich seltsam leicht und irgendwie gut. Richtig gut. Sie summt die fröhlichen Kinderlieder mit. Es ist schön in diesem bunten Raum. Am liebsten würde sie für immer hierbleiben und spielen.

Nicht weit von ihrer Matratze entfernt liegt eine Figur: ein Kasper mit langer Nase, roter Zipfelmütze, bunt karierter Jacke und blauer Hose. Er sieht lustig aus.

„Du siehst lustig aus!", sagt Amelie.

„Und du bist hässlich!", erwidert der Kasper und streckt die Zunge aus seinem hölzernen Mund.

Das ist gemein! Tränen kullern über Amelies Gesicht. Sie will den bösen Kasper hauen, doch der springt auf und läuft vor ihr davon.

Das wiederum ist lustig. Amelie steht auf und versucht, ihm nachzulaufen, doch ihre Beine fühlen sich irgendwie merkwürdig an und sie fällt hin. Der Kasper lacht schrill.

„Fang mich doch, du Eierloch!", ruft er.

„Na warte, dich krieg ich!" Amelie krabbelt auf allen vieren hinter dem Kasper her. Der flieht vor ihr, indem er einen Vorhang hinaufklettert, oben auf der Stange herumtanzt und ihr eine Nase dreht.

„Du bist nicht nur hässlich, du bist auch dumm!", quiekt er. „Dumm, bumm, dumm, bumm bumm!"

„Na warte!", ruft Amelie. Sie rüttelt an den Vorhang, so dass sich die Stange heftig bewegt.

Der Kasper rudert mit den Armen, verliert das Gleichgewicht und stürzt auf der anderen Seite ab, wobei er ein langgestrecktes „Aaaahhh..." ausstößt. Ein platschendes Geräusch ertönt, dann ein Blubbern.

Amelie zieht den Vorhang beiseite. Dahinter befinden sich ein kleines Waschbecken und ein Klo. Der Kasper ist in die Kloschüssel gefallen und rudert nun darin herum, kann sich jedoch an der glatten Wand nicht festhalten.

„Hilfe!", prustet er. „Hol mich hier raus!"

Amelie grinst. Sie streckt ihre Hand nach dem Hebel aus, mit dem man die Klospülung betätigt.

„Nein, tu das nicht!", ruft der Kasper verzweifelt.

Amelie hält inne. Das kleine bunte Männchen ist ziemlich frech, aber irgendwie auch lustig. Außerdem hat ihr Mama verboten, Sachen im Klo runterzuspülen. Also zieht sie die nasse Figur an der Zipfelmütze aus der Kloschüssel.

„Igitt! Du stinkst!", ruft sie.

„Und du erst!", ruft der Kasper zurück. Doch als Amelie ihn wieder über die Kloschüssel hält, hebt er hastig die Hände. „Schon gut, schon gut, war nicht so gemeint! Ich kann nichts dafür, ich muss frech sein, schließlich bin ich ein Kasper!"

„Aha", sagt Amelie. Sie legt den strampelnden kleinen Kerl ins Waschbecken und badet ihn ordentlich. Er prustet und schnaubt und wehrt sich nach Kräften, doch Amelie kennt kein Erbarmen. Erst, als sie ihn ordentlich eingeseift, gründlich mit Wasser abgespült und mit einem Handtuch abgetrocknet hat, setzt sie ihn auf den Boden.

„So ein rabiates Weibsbild!", schimpft er. „Was fällt dir ein, mich so zu behandeln!"

„Du bist ins Klo gefallen und hast gestunken!", erklärt Amelie.

„Nur, weil du mich reingeworfen hast."

„Nur, weil du vor mir weggelaufen bist."

„Nur, weil du mich hauen wolltest."

„Nur, weil du mich beleidigt hast."

„Hab ich gar nicht."

„Hast du wohl."

„Hab ich nicht!"

„Du hast mich hässlich genannt, und dumm!"

„Ich hab nur die Wahrheit gesagt."

„Siehst du, jetzt beleidigst du mich schon wieder!"

„Tu ich nicht!"

„Tust du doch!"

„Nein!"

„Doch!"

„Nein, nein, nein!"

„Doch, doch, doch! Und noch eine Million Mal doch!"

„Du kannst noch so oft doch sagen, ich hab recht."

„Hast du nicht!"

„Findest du dich etwa nicht hässlich?"

Amelie stutzt. Darüber hat sie noch nie nachgedacht. Oder doch?

Sie steht auf und wankt zu dem Spiegel über dem Waschbecken. Das Mädchen, das ihr daraus entgegenblickt, hat dunkle, lockige Haare und große Augen. Sie erscheint ihr fremd und vertraut zugleich. *Bin ich hässlich?*, fragt sie ihr Spiegelbild. Nein, eigentlich nicht. Aber der Kasper hat recht: Sie hat sich immer für hässlich gehalten.

„Siehst du!", kreischt der kleine Kerl. „Und dumm bist du auch!"

Sie dreht sich zu ihm um.

„Wieso sagst du das?"

„Weil du mit mir redest! Nur kleine Kinder und Dummköpfe sprechen mit Puppen!"

„Aber du redest doch auch mit mir!"

„Tu ich nicht!"

„Tust du doch!"

„Unsinn! Eine Kasperlefigur kann gar nicht sprechen!"

Amelie hebt die Figur auf und hält sie ganz dicht vors Gesicht. Der Kopf ist aus Holz geschnitzt, die frechen Augen und der grinsende Mund sind nur aufgemalt. Die Puppenglieder hängen schlaff herab. Der Kasper hat recht:

Er kann weder sprechen noch herumlaufen, schließlich ist er bloß ein Spielzeug aus Holz und Stoff.

Tränen rinnen über Amelies Wangen, als sie auf ihrer Matratze niedersinkt.

„Marko!“, flüstert sie.

Der Kasper in ihrer Hand antwortet nicht.

11.

Es wird hell um mich. Ich liege in einem Bett. Doch es ist leider kein Krankenbett in der Realität, sondern das Minecraft-Bett in meiner Hütte. Ich bin wieder in der Oberwelt gespawnt.

All meine Mühe war vergeblich. Ich bin für immer in der Würfelwelt gefangen!

Eine Weile bleibe ich einfach liegen, zu enttäuscht, um aufzustehen. Es hat ja doch alles keinen Sinn! Ich könnte wieder ins Ende gehen und das Portal dort erneut benutzen, der Enderdrache ist ja jetzt besiegt. Aber wozu? Ich würde einfach wieder hierher zurückteleportiert werden.

Ich überlege lange, doch mir fällt nichts ein, was ich noch tun kann. Ich habe das Spielziel von Minecraft erreicht. Gegenüber den Minecraft-Monstern bin ich jetzt quasi unbesiegbar, solange ich mich nicht allzu dämlich anstelle. Und sollte ich doch mal sterben, spawne ich wieder hier. Natürlich kann ich tolle Bauwerke errichten, das hat mir im Computerspiel immer Spaß gemacht. Aber egal, ob ich hier den Kölner Dom nachbaue oder gleich die gesamte Stadt, es wird mich nicht aus dieser Welt befreien.

Was soll's. Anstatt hier bloß rumzuliegen, kann ich ebenso gut noch einmal ins Ende gehen. Dazu muss ich nur die Festung mit dem Endportal wiederfinden. Ich habe noch ein Enderauge übrig, aber ich weiß ja auch so, in welche Richtung ich ungefähr gehen muss. Also mache ich mich auf den Weg. Unterwegs schere ich ein paar Schafe, um mir mit der Wolle ein Bett zu bauen, das ich direkt neben dem Endportal in der Festung platzieren werde. Das hätte ich schon beim ersten Mal tun sollen, dann müsste ich jetzt nicht so weit laufen. Aber ich hatte ja nicht damit gerechnet, wieder in der Minecraft-Oberwelt zu landen.

Da ich erst gegen Mittag aufgebrochen bin, wird es dunkel, bevor ich die Behelfshütte erreiche, die ich beim letzten Mal am Ende des ersten Tages gebaut habe. Ich gehe einfach in der Nacht weiter. Die Zombies, Skelette, Spinnen und Creeper, die mir zu nahe kommen, erledige ich mit ein paar Schwerthieben.

Als der Mond bereits hoch am Himmel steht, sehe ich in der Ferne ein Licht. Das muss meine Behelfshütte sein. Doch als ich näher komme, erkenne ich bald weitere Lichter. Jetzt fällt mir wieder das merkwürdige Verhalten der Dorfbewohner ein. Ist dies dieselbe Siedlung? Nein, sie ist nicht weit genug von meinem Spawnpoint entfernt und scheint auch etwas kleiner zu sein.

Ob wohl auch hier die Bewohner vor mir weglaufen werden?

Als ich mich den Gebäuden nähere, sind die Straßen erwartungsgemäß leer, denn die Bewohner trauen sich nachts nicht aus ihren Häusern. Wenn man als Spieler in der Nacht ein Dorf betritt, kann das eine Zombie-Belagerung auslösen. Ich hätte durchaus Lust, mich mit ein paar Untoten herumzuprügeln und damit das Vertrauen der Dorfbewohner zu gewinnen. Doch seltsamerweise sind nirgendwo Zombies, Skelette, Spinnen oder Creeper zu sehen.

Neugierig betrete ich eines der Häuser. Das Innere besteht aus einem großen Raum mit Ofen, Werkbank, einer Kiste und vier Betten. Auf zwei davon liegen erwachsene Dorfbewohner, auf den anderen beiden Kinder. Merkwürdig: Ich habe noch nie gesehen, dass Dorfbewohner in Betten schlafen.

Plötzlich springt einer der Erwachsenen aus dem Bett. Seine Augen weiten sich, und er stößt einen Schrei aus. Das bewirkt, dass auch die anderen Bewohner der Hütte aufwachen und kreischend aus ihren Betten springen. Sie drängen sich in eine Ecke des Raums, die Kinder dicht an ihre Eltern gepresst, und starren mich an. Dies ist eindeutig kein normales Verhalten von Minecraft-Dorfbewohnern.

„Hallo", sage ich.

Einer der Erwachsenen macht ein Geräusch, das wie „Hä?" klingt. Im selben Moment erscheint ein Text in der Luft über ihm: *Was willst du von uns, Herr?*

Fassungslos starre ich auf die Schrift. Untertitel! Dieses Feature gibt es in Minecraft definitiv nicht! Die Welt, in der ich mich befinde, weicht offensichtlich doch vom Computerspiel ab. Ich bin mir nicht sicher, ob das eine gute Nachricht ist.

„Habt keine Angst, ich will euch nichts tun", sage ich.

Der andere Erwachsene macht ein Geräusch, das ähnlich klingt wie das des Ersten, nur irgendwie weiblicher. Obwohl sie sich äußerlich nicht unterscheiden, scheinen die beiden Mann und Frau zu sein. Der Untertitel lautet: *Wenn du uns nichts tun willst, Herr, warum dringst du dann nachts in unser Haus ein und erschreckst unsere Kinder?*

„Es tut mir leid. Ich bin nur ein verirrter Wanderer."

„Hä?" *Warum belügst du uns, Herr?*

„Ich belüge euch nicht. Ich bin unterwegs zu einer unterirdischen Festung."

„Ha!" *Davon wissen wir nichts. Bitte geh. Wir haben deine Gesetze immer befolgt und unsere Steuern stets pünktlich gezahlt.*

„Hä?", mache ich verwirrt.

Die beiden starren mich verständnislos an.

Ich drücke mich etwas deutlicher aus: „Was denn für Gesetze? Was für Steuern?“

„Ha!“ *Die Gesetze, die du erlassen hast, Herr, und deren Verletzung mit dem Tod bestraft wird. Die Steuern, die unser Dorf alle zehn Tage entrichten muss: hundert Laib Brot und fünfzig Bratfische. Das ist kaum zu schaffen, selbst wenn alle Dorfbewohner den ganzen Tag nur für dich arbeiten und unsere Kinder hungern.*

Der Untertitel füllt fast mein ganzes Blickfeld. Erstaunlich, was man so alles mit einem einzigen Laut ausdrücken kann. Aber was hat das alles zu bedeuten? Offensichtlich verwechseln sie mich mit jemandem.

„Ich bin nicht der, für den ihr mich haltet. Ich bin bloß ein einsamer Wanderer, der in der Nacht ein Licht am Horizont gesehen und hier in eurem Dorf Schutz vor Monstern gesucht hat.“

„Hä?“

Diesmal erscheint kein Untertitel. Anscheinend bedeutet der Laut der Frau wirklich einfach nur „Hä?“

Der Mann erklärt es etwas ausführlicher, indem er „Ha!“ sagt. Der Untertitel lautet: *Verzeih uns, Herr, wir sind nur einfache Bauern und verstehen dich nicht. Es ist uns bei Todesstrafe verboten, dir zu widersprechen oder ungehorsam zu sein, aber wir wissen nicht, was du von uns erwartest. Bitte erkläre uns deinen Willen.*

„Warum glaubt ihr, dass ich euer Herr bin?“

Weil du so aussiehst wie unser König, weil du sprichst wie unser König, weil es niemanden sonst gibt, der wie unser König ist. Dein ist die Macht, Herr, dein ist unser Leben. Wir sind deine unterwürfigen Diener. Bitte lass Milde walten!

Interessant. Also habe ich in dieser Version der Würfelwelt einen Doppelgänger, und der scheint ein ziemlicher Tyrann zu sein.

„Wo wohne ich?"

Nach einem kurzen, verwirrten Zögern macht die Frau: „Ha!" *Im Palast.*

„Wo ist dieser Palast?"

In der Stadt.

„In welcher Richtung liegt die Stadt?"

In Richtung des Sonnenuntergangs.

„Wie weit ist es bis dorthin?"

Etwa drei Tagesmärsche, Herr.

„Danke, ihr habt mir sehr geholfen."

Einem Gedanken folgend lege ich etwas gebratenes Schweinefleisch und einen Smaragd auf den Boden der Hütte. Doch die Reaktion der Bewohner ist nicht etwa Dankbarkeit, sondern Entsetzen.

Nein, Herr, bitte nicht! Tu uns das nicht an!

„Was ist denn? Was habt ihr? Ich wollte mich doch bloß für eure Hilfe erkenntlich zeigen!"

Willst du etwa nicht unsere Kinder mitnehmen, um sie zu Soldaten in deiner Armee zu machen? Das Gesetz sagt, dass wir dafür eine Entschädigung nach deinem Ermessen erhalten. Vier Stücke Fleisch und ein Smaragd sind sehr großzügig, aber wir möchten doch lieber unsere geliebten Kinder behalten.

„Keine Angst, ich will euch eure Kinder nicht wegnehmen. Ihr dürft das Fleisch und den Smaragd einfach so behalten."

Die Bewohner des Hauses können es kaum glauben. Sie danken mir überschwänglich, obwohl ich ein gewisses Misstrauen in ihren Stimmen zu hören glaube, so als befürchteten sie, dass ich es mir jederzeit anders überlegen könnte. Dem üblen Kerl, der sie derart eingeschüchtert hat, werde ich mal einen Besuch abstatten und ihm gehörig die Meinung sagen!

Ich breche sofort auf und marschiere Richtung Westen. Am Morgen entdecke ich ein weiteres Dorf. Die Bewohner ergreifen bei meinem Anblick die Flucht. Mein Doppelgänger muss wirklich ein Scheusal sein.

In der zweiten Nacht sehe ich von einer Bergkuppe aus in der Ferne ein Lichtermeer, das sich über den ganzen Horizont zu erstrecken scheint. Das muss die Stadt sein. Sie ist riesig – größer noch als die Stadt des Todes, in die ich bei meiner ersten Reise gelangte.

Ich wandere durch eine Ebene voller Kornfelder und einzelner Bauernhöfe, begegne jedoch niemandem. Die Bewohner schlafen entweder oder verstecken sich vor mir. Bei Tagesanbruch erreiche ich eine fünf Blöcke hohe Steinmauer. Ich könnte mich einfach hindurchhacken, aber ich beschließe, mich vorläufig zivilisiert zu verhalten und nach einem Eingang zu suchen. Nach ein paar Dutzend Schritten gelange ich an einen Durchlass, vor dem eine Ansammlung von Dorfbewohnern steht. Zwei der Knollnasen tragen seltsamerweise Eisenrüstungen. Sie scheinen Wächter zu sein, die die anderen am Eintritt in die Stadt hindern. Ich bleibe in einiger Entfernung stehen, um ihre Dialoge aus der Distanz zu verfolgen.

„Hä?“ *Wer bist du und was willst du?*

Ich bin Baldur, der Bauer. Ich bringe Brot für unseren König.

Zeig mal dein Brot.

Hier, Herr. Es sind fünfzig Laibe. Die anderen fünfzig trägt meine Frau dort drüben.

Es sind nicht genug!

Warum, Herr? Das Gesetz befiehlt uns doch hundert Laibe?

Aber du musst mir drei Laibe geben, damit ich dich in die Stadt lasse, und dann sind es nur noch siebenundvierzig.

Herr, das kann ich nicht tun! Es ist nicht mehr genug Zeit, um neues Brot zu backen!

Entweder du willst in die Stadt, dann gibst du mir drei Brotlaibe. Oder du willst nicht in die Stadt, dann mach Platz für die anderen!

Aber Herr, hab Erbarmen! Wenn ich meine Steuern nicht rechtzeitig bezahle, werden die Soldaten kommen und meine Felder verwüsten!

Das ist dein Problem. Entweder du gibst mir jetzt das Brot, oder du verschwindest.

Der Bauer wendet sich um, während die Wache den nächsten Wartenden aufruft.

Mir reicht es. Wenn ich mich in die Schlange stelle, stehe ich noch den ganzen Tag dort. Außerdem könnten die beiden fiesen Wachmänner eine Lektion in gutem Benehmen gebrauchen.

Ich trete auf die Wachen zu und frage mit fester Stimme: „Was ist hier los?"

Alle wenden sich zu mir um und rufen gleichzeitig „Ha!" Das Resultat sind ein Dutzend Untertitel übereinander, so dass ich keinen davon lesen kann.

„Ruhe!", befehle ich.

Augenblicklich herrscht Stille. Die Dorfbewohner sehen mich angstvoll an.

„Wache!“, sage ich zu dem Posten, der den Bauern weggeschickt hat. „Wem gehört das Brot, das dieser Bauer dort gebracht hat?“

Euch, Majestät!

„Und wieso wolltest du ihm dann drei Brotlaibe wegnehmen?“

Die normalerweise hellbraune Haut des knollnasigen Soldaten wird weiß.

„Hggh ... ha ...“ *Ich ... ich wollte nicht ... ich meine, bitte verzeiht mir, Majestät! Ich habe Kinder, und ...*

„Schluss jetzt mit diesem Unsinn!“, entscheide ich. „Ihr lasst ab sofort jeden in die Stadt, verstanden? Und niemandem wird etwas weggenommen!“

Beide Soldaten sagen gleichzeitig „Ha!“ *Jawohl, Majestät!*

Wieder erhebt sich Stimmengewirr, das ich nicht entziffern kann. Ich ignoriere es und betrete die Stadt.

12.

„Wir müssen etwas unternehmen!“, sagt Elfie. Sie blickt die anderen an, die sich in Ismaldas Zimmer versammelt haben. Sir William läuft im Raum auf und ab und spricht hin und wieder in eine Gabel, die er ans Ohr gepresst hält. Die Prophetin hockt mit geschlossenen Augen auf dem Bett, die Beine im Schneidersitz gekreuzt, die Handflächen nach oben gedreht. Karl sitzt auf einem Stuhl, den Kopf auf beide Hände gestützt.

Wenn Schwester Christa sie während der Schlafenszeit hier erwischt, gibt es bestimmt eine schlimmere Strafe als nur vier Wochen keinen Nachtisch. Doch Elfie hat keine Angst. Sie ist aufgeregt. Eine regelrechte Verschwörung gegen die Klinikleitung ist hier im Gange, und sie ist ein Teil davon. Das macht Spaß!

„Ich habe gerade mit London telefoniert“, informiert Sir William die Versammelten, während er die Gabel in die Tasche seines Bademantels steckt. „Sie schicken Verstärkung! Sobald die eintrifft, schlagen wir los!“

„Es dauert viel zu lange, bis die Verstärkung hier ist!“, erwidert Elfie. „Wir müssen Amelie jetzt helfen!“

„Aber wie? Aber wie?“, fragt Sir William und kratzt sich am Ohr. „Wir sind Gefangene des Feindes!“

„Sag du doch auch mal was, Karl!“

Der Schriftsteller blickt auf. „Ich versuche nachzudenken!“

„Du bist doch angeblich Gott“, stichelt Sir William. „Kannst du sie nicht einfach aus der Klinik rauszaubern?“

„Nein, kann ich nicht!“

„Du gibst also endlich zu, dass du nicht allmächtig bist?“

„Ja und nein.“

„Was soll das denn heißen?"

„Das heißt, dass ich sehr wohl allmächtig bin, aber meine Macht nicht immer einfach so einsetzen kann. Das würde die Geschichte unglaubwürdig machen."

„Was denn für eine Geschichte?"

„Die Geschichte, in der wir sind!"

„Ist die nicht sowieso schon ziemlich unglaubwürdig?"

Karl wirft Sir William einen finsteren Blick zu.

„Wenn du nicht still bist, lasse ich dich gleich in die Hose machen. Das wäre glaubwürdig!"

„Und ich spucke dir heimlich ins Mittagessen! Das kannst du erst recht glauben!"

„Hört auf, euch zu streiten!", schaltet sich Ismalda ein, ohne die Augen zu öffnen. Ihre Stimme ist sanft, aber voller Autorität. „Wir sind nicht allein!"

„Wir sind nicht allein? Was meinst du damit?" Sir William kniet sich auf den Boden und schaut unter Ismaldas Bett. „Keine feindlichen Spione anwesend. Der Raum ist sicher!"

„Wir können ihn nicht sehen, aber er sieht uns!", erklärt Ismalda.

„Ein Gespenst? Ehrlich?", ruft Elfie erfreut aus. „Wo bist du, Kollege? Zeig dich uns!"

„Es ist kein Gespenst", bremst Ismalda Elfies Begeisterung.

„Was denn dann?"

„Ein Leser. Oder auch eine Leserin. So genau kann ich das nicht sagen. Ich spüre nur seine oder ihre Anwesenheit."

Bei diesen Worten gerät Karl in Panik. „Was? Ein Leser ist hier? Bist du sicher? Oh Gott! Und ich habe einen

Hänger! Ich habe keine Ahnung, wie die Geschichte weitergeht!"

„Aber ich weiß es!" Ismalda schlägt endlich die Augen auf. Sie lächelt.

„Dann verrat es mir!"

„Jetzt, wo der Leser hier ist?"

„Nein, du hast recht, das geht nicht." Karl blickt sich suchend im Raum um. Er spricht in Richtung des Fensters: „Hey, Leser, hör mal, klapp doch einfach das Buch für einen Moment zu, damit Ismalda mir verraten kann, wie ich die Geschichte weiterschreiben soll, okay?"

Er dreht sich wieder zu Ismalda um. „Ist er weg?"

„Nein."

„Wo ist er genau?"

„In Elfies Kopf, glaube ich."

„Was? Wie?", fragt Elfie verdutzt. „Hier ist niemand in meinem Kopf!"

„Wenn Ismalda recht hat, würdest du das nicht merken", erklärt Karl. „Man nennt das Erzählperspektive. Eine Geschichte wird immer aus einer bestimmten Blickrichtung geschrieben, zum Beispiel aus der Perspektive des Helden. Dann erfährt der Leser nur, was der Held tut, was er sieht und hört, was er denkt, aber nicht, was gerade anderswo passiert. Das macht es spannend. Die Perspektive kann natürlich im Laufe der Geschichte wechseln. Es gibt auch einen allwissenden Erzähler, der sozusagen über der Geschichte schwebt und alles gleichzeitig sieht, aber das ist meistens eine ziemlich langweilige Perspektive."

„Und die Geschichte wird jetzt gerade aus meinem Blickwinkel erzählt?", fragt Elfie. „Das ... das bedeutet doch nicht etwa, dass der Leser weiß, was ich denke?"

„Doch, genau das bedeutet es." Karl grinst.

Oh Gott, denkt Elfie. *Ich darf jetzt auf keinen Fall daran denken, dass ich neulich Sir William einen Schokoriegel gemopst habe und dass ich in letzter Zeit immer häufiger Schwierigkeiten habe, mich unsichtbar zu machen! Das ist mir so peinlich!*

„Ich stelle fest, wir wurden unterwandert!", sagt Sir William. „Ein Spion hat sich bei uns eingeschlichen. Die Vertraulichkeit ist nicht gewährleistet, solange diese Person im Raum ist!" Er zeigt anklagend mit dem Finger auf Elfie.

„Aber ich bin kein Spion!", protestiert Elfie. Sie spürt Tränen in ihren Augen.

„Nein, du nicht, aber der Leser in deinem Kopf", erklärt Karl. „Er darf nicht wissen, was wir vorhaben. Noch nicht."

„Was haben wir denn vor?", fragt Sir William.

„Das weiß ich noch nicht, aber Ismalda wird es mir gleich verraten. Das wirst du doch, oder?"

Ismalda nickt.

„Verlasse bitte für einen Moment den Raum, Elfie!", sagt Karl.

Elfie verschränkt die Arme vor der Brust. „Nein!"

„Verräterin!", ruft Sir William.

„Bitte, Elfie!", sagt Karl. „Nur für einen kurzen Moment!"

„Ihr wollt mich bloß nicht dabei haben! Das mit diesem Leser in meinem Kopf ist nur eine faule Ausrede!"

„Ist es nicht, ehrlich!", beteuert Karl.

„Ist es doch! Ihr könnt sagen, was ihr wollt, ich gehe nicht weg!"

„Ich glaube, du musst mal", sagt Karl.

Elfie spürt tatsächlich auf einmal das Bedürfnis, auf die Toilette zu gehen.

„Ich gehe nicht!"

„Du musst ganz dringend! Merkst du es denn nicht?“

Elfie kneift die Beine zusammen. „Ich muss überhaupt nicht!“

„Wenn du in die Hose machst, sage ich es morgen beim Frühstück allen!“, droht Sir William.

„Ihr seid alle ganz gemein!“, ruft Elfie mit Tränen in den Augen. Sie hastet aus dem Raum und geht, so schnell sie kann, auf die Toilette. Als sie wieder in Ismaldas Zimmer zurückkommt, grinst Karl sie an.

„Ich weiß jetzt, was wir machen.“

„Was denn?“

„Ismalda, ist der Leser immer noch in ihrem Kopf?“

„Ja.“

„Ich will jetzt sofort wissen, was ihr vorhabt!“, ruft Elfie außer sich vor Wut. „Oder ich sage es Schwester Christa!“

„Das wirst du nicht tun!“, warnt Sir William. „Oder du bist kein Mitglied des Geheimdienstes mehr!“

Elfie senkt den Kopf. Tränen kullern über ihre Wangen.

„Ich will nicht, dass dieser Leser in meinem Kopf ist!“, sagt sie leise. „Kann er nicht woanders hingehen?“

„Doch, kann er. Aber jetzt ist er anscheinend noch hier“, antwortet Karl.

„Warum ist er denn hier?“

„Na, weil es hier interessant ist“, erklärt Sir William. „Immerhin findet hier ein konspiratives Treffen einer Geheimdienstgruppe im Auftrag ihrer Majestät statt. Es gibt wohl kaum etwas Aufregenderes! Ich frage mich nur, wieso der Leser in Elfies Kopf ist und nicht in meinem.“

„Ich glaube, in deinem Kopf wäre es zu verwirrend“, sagt Karl.

„Wie meinst du das?“

„Wie wird man denn einen Leser wieder los?“, fragt Elfie.

„Hmm.“ Karl denkt einen Moment nach. „Ich hab’s! Sir William hat recht: Leser sind immer dort, wo die Geschichte am interessantesten ist. Wenn wir also den Leser loswerden wollen, dann müssen wir einfach etwas Langweiliges tun!“

„Etwas Langweiliges?“, fragt Elfie. „Was denn?“

„Wie wär’s mit einer Partie Mensch-ärgere-dich-nicht?“, schlägt Karl vor.

„Das ist doch nicht langweilig!“, widerspricht Elfie. „Das ist spannend!“

„Wir könnten doch einfach gar nichts tun“, meint Sir William. „Einfach so rumsitzen. Das ist langweilig!“

„Das nützt nichts“, widerspricht Karl. „Dummerweise gibt es in Geschichten eine Zeitrafferfunktion. Da steht dann einfach: Sie saßen eine Weile herum und taten nichts. Und schon geht es weiter mit der spannenden Handlung.“

„Mist!“, meint Sir William. „Was denn dann?“

„Ich glaube, der Leser verliert allmählich das Interesse an dieser Diskussion“, sagt Ismalda. „Ich kann spüren, wie er unruhig wird.“

„Prima, dann diskutieren wir einfach noch ein bisschen weiter“, sagt Elfie. „Also, ich bin für ...“

13.

Ich gehe eine schmale Straße aus Pflasterstein entlang. Die Gebäude links und rechts sehen aus wie Dorfhäuser, obwohl viele ungewöhnlich groß sind und zwei oder sogar drei Stockwerke haben. Aus Fenstern und Eingängen starren mich ihre knollnasigen Bewohner an. Einige rufen *Es lebe unsere Majestät!* oder *Heil unserem König!*, aber die kurzen Laute zu den Untertiteln klingen nicht besonders begeistert. Die meisten schweigen bloß.

Mir erscheint es am besten, den König aufzusuchen, der mir so ähnlich sieht. Er muss ein ziemlicher Mistkerl sein, aber vielleicht weiß er, wie ich wieder aufwachen kann. Doch wo ist der Palast? Die Stadt ist riesig. Ich könnte einen der Bewohner nach dem Weg fragen, aber das würde wohl ein bisschen seltsam wirken. Also gehe ich einfach weiter.

Nach einer Weile gelange ich auf einen großen Platz. An einer Seite steht eine riesige Kirche. Sie ist nicht gerade hübsch, kein Nachbau des Kölner Doms oder so, eher eine übergroße Version einer Dorfkirche. Der Turm ist mindestens zwanzig Blöcke hoch.

In der Mitte des Platzes ist eine Art Podest aus Holz errichtet. Darum herum hat sich eine große Menge versammelt. Auf dem Podest stehen mehrere Stadtbewohner. Zwei davon tragen Eisenrüstungen, einer die lilafarbene Robe eines Priesters, ein anderer eine schwarze Robe, wie ich sie im Spiel noch nie gesehen habe. Der fünfte Bewohner hat die schlichte braune Kleidung eines Bauern an. Das Ganze sieht verdächtig nach einer öffentlichen Hinrichtung aus, wie sie im Mittelalter stattgefunden haben, doch es gibt weder einen Galgen noch ein Schafott.

„Ha!“, ruft der schwarz Gekleidete und bestätigt damit meine Vermutung, denn der Untertitel lautet: *Du bist schuldig, mehrmals deine Steuern nicht pünktlich gezahlt zu haben. Im Namen des Königs verurteile ich dich daher wegen Verstoßes gegen seine weisen und gerechten Gesetze zum Tode.*

Der Dorfbewohner in der braunen Robe verteidigt sich: *Ich konnte doch nichts dafür! Beim ersten Mal hatte ich meine Steuern gesammelt, doch die Wache am Stadttor hat mir einen Teil abgenommen, so dass ich nicht mehr genug hatte. Beim zweiten Mal wurde ich von Banditen überfallen, die mir alles wegnahmen.*

Der Schwarzgekleidete ignoriert den Einwand einfach. Er blickt den Lilafarbenen an.

„Hä?“, fragt der Priester. *Möchtest du noch etwas sagen, bevor das Urteil vollstreckt wird?*

Ich bitte um Gnade, Herr! Ich habe Weib und Kinder! Wie sollen sie ohne mich auskommen?

„Halt!“, rufe ich und dränge mich durch die Menge nach vorn. Da die Augen der Bewohner alle auf den Verurteilten gerichtet waren, hat mich noch niemand bemerkt, doch jetzt rufen sie alle durcheinander.

Als ich mich dem Podest nähere, erkenne ich, dass es ein drei Blöcke hoher Flachbau aus Holz ist. In die Wände sind Fenster eingelassen, aber anscheinend keine Tür. Im Inneren des Gebäudes befinden sich mehrere grünhäutige Gestalten, die *Unngh* machen. An einer Seite ist eine Treppe angebracht, die auf das Dach führt. Als ich sie hinaufsteige, erkenne ich ein Loch in der Mitte des Daches. Nun ist klar, wie hier Hinrichtungen vollzogen werden: Der

Verurteilte wird in das Loch gestoßen und von den Zombies getötet. Keine sehr angenehme Art zu sterben.

Heil unserem König!, rufen die Soldaten, der Priester und der Richter gleichzeitig. Der Verurteilte sieht mich nur stumm an.

„Dieser Mann ist unschuldig!“, sage ich mit fester Stimme. „Ab sofort wird niemand mehr hingerichtet, nur weil er seine Steuern nicht bezahlen kann!“

Einen Moment lang herrscht so etwas wie erschrockene Stille. Alle starren mich an. Dann bricht lautes Gebrüll aus, als alle Versammelten durcheinander „Ha!“ rufen. Die Untertitel bilden ein Buchstabengewirr, aus dem ich nur Wortfetzen herauslesen kann: *König, weise, milde, unglaublich, großartig.*

„Ha!“, sagt der Richter, nachdem sich die Rufe gelegt haben. *Aber Majestät, das könnt ihr doch nicht ernst meinen! Dieser Mann hat euer Gesetz gebrochen! Er muss verurteilt werden!*

„Das muss er nicht!“, widerspreche ich. „Ich begnadige ihn hiermit! Schließlich bin ich der König, oder etwa nicht?“

Jawohl, Majestät, antwortet der Richter, *doch ich gebe zu bedenken, dass Eure Milde Chaos und Anarchie zur Folge haben wird!*

„Wir werden sehen“, erwidere ich und frage mich im selben Moment, was wohl der echte König davon halten wird, dass ich soeben seine Gesetze geändert habe.

Mein Blick fällt auf die Kirche. Ihr Turm scheint das höchste Gebäude der Umgebung zu sein. Das bringt mich auf eine Idee. Ich steige vom Hinrichtungspodest und trete durch die Doppeltür am Fuß des Turms. Wie ich vermutet habe, gibt es im Inneren eine Leiter, die nach oben führt.

Ich klettere sie hinauf und gelange auf eine Plattform, von der aus ich einen guten Überblick über die Stadt habe.

Der Palast ist leicht zu erkennen: ein hässlicher grauer Klotz, der mich eher an ein Gefängnis erinnert als an den Wohnort eines Herrschers. Er liegt auf einem flachen Hügel in westlicher Richtung. Soldaten patrouillieren auf seinen Mauern.

Ich klettere wieder vom Turm und überquere den Marktplatz, der inzwischen verlassen ist. Eine Straße führt in Richtung des Palastes. Unterwegs kommt mir eine Art Patrouille entgegen. Sie besteht aus mehreren Soldaten sowie vier Eisengolems.

„Ha!", sagt ein Soldat mit goldener Rüstung, anscheinend der Anführer. *Im Namen unserer Majestät verhaften wir dich! Du wirst beschuldigt, ein Hochstapler zu sein, der sich als unser König ausgibt. Ergib dich, oder wir werden dich töten!*

Mist! Das konnte ja nicht gut gehen. Ich überlege, ob ich mir den Weg freikämpfen soll, aber gegen die vier eisernen Kolosse hätte ich kaum eine Chance. Außerdem bringen sie mich wahrscheinlich genau dorthin, wohin ich ohnehin wollte. Also lasse ich zu, dass mich die Soldaten und Golems umringen. Sie zwingen mich, alle Waffen und Rüstung abzulegen. Nachdem ich meine Diamantrüstung und das Diamantschwert auf den Boden geworfen habe, fordert mich der Goldene auf, auch meine beiden Ersatzschwerter, die Axt, den verzauberten Bogen samt Pfeilen, die Diamantspitzhacke und meine Ersatz-Eisenrüstung herauszugeben. Woher er weiß, dass ich diese Dinge in meinem Inventar habe, ist mir schleierhaft.

Die Soldaten sammeln meine Ausrüstung ein und führen mich die Straße entlang, wobei der Goldene die kleine

Prozession anführt. Die Stadtbewohner jubeln mir zu - offenbar halten sie mich jetzt erst recht für ihren König, denn die Golems und Soldaten sehen aus wie eine Eskorte.

Wir erreichen einen großen Platz vor dem Palast. In der Mitte steht eine zehn Blöcke hohe Statue, die mich darstellt. Genauer gesagt Steve, den Minecraft-Helden mit dem hellblauen Hemd, der dunkelblauen Hose und den schielenden Augen. Hinter dem Monument ragen die sechs Blöcke hohen Palastmauern auf. Vor dem Eingang steht eine Phalanx aus mindestens zwanzig knollnasigen Soldaten in Eisenrüstungen.

Als wir auf sie zu marschieren, ruft der Anführer in der Goldrüstung „Ha!" *Macht Platz! Auf Befehl ihrer Majestät bringen wir einen Gefangenen!*

Die Soldaten bilden eine Gasse, durch die wir hindurchschreiten. Das Innere der Festung besteht aus mehreren ineinander verschachtelten Mauern, auf denen Dutzende von Soldaten patrouillieren. Ich frage mich, gegen welchen Feind der König eine solche Streitmacht braucht. Nachdem wir mehrere Tore durchschritten haben, gelangen wir in einen Innenhof, in dem ein zentraler Turm steht - ein würfelförmiger Klotz von zehn Blöcken Kantenlänge. Er scheint aus dunkelgrauem Bedrock zu bestehen. Eine breite Treppe führt hinauf zum Eingang, vor dem vier Soldaten in Diamantrüstungen postiert sind - offenbar die Leibwache des Königs.

Endlich gelangen wir ins Innere des Palastes. Der Raum ist riesig und fensterlos. Ein paar Fackeln vertreiben die Finsternis kaum. In der Mitte befindet sich ein drei Blöcke hohes Podest aus Stein, zu dem eine Treppe hinaufführt. Auf einem Thron aus Goldblöcken sitzt eine Figur, die exakt aussieht wie die Statue vor dem Palast - und wie ich.

Meine Eskorte hält an. „Ha!", macht der Anführer. *Heil dir, mein König! Wir bringen dir den Hochstapler, wie du es befohlen hast.*

„Sieh mal einer an!", sagt der König. Seine Stimme kommt mir seltsam vertraut vor. „Wer bist du, und wie kannst du es wagen, dich für mich auszugeben?"

„Ich bin Marko. Ich habe diese Welt geschaffen. Sie ist ein Produkt meiner Fantasie, genau wie du. Die Frage ist also eher, wer du bist."

„Lügner!", brüllt der König. „Ich bin Marko! Ich bin es, der diese Welt geschaffen hat! Ich bin ihr einziger und rechtmäßiger Herrscher! Jeder, der etwas anderes behauptet, ist ein Verräter und wird mit dem Tod bestraft!"

Jetzt wird es interessant: Dieser Kerl glaubt anscheinend, ich zu sein! Aber das kann ich leicht widerlegen.

„Ach ja?", entgegne ich. „Dann erzähl mir doch mal, wie du diese Welt geschaffen hast!"

„Ich erlebte viele Abenteuer", behauptet der König, „besiegte eine riesige Spinne und wanderte durch einen langen Tunnel. Am Ende fand ich einen Raum mit Druckplatten. Wenn man diese in der richtigen Reihenfolge betrat, öffnete sich am anderen Ende eine Tür. Dahinter befand sich eine Statue mit dem magischen Amulett *Auryn*. Ich besiegte den Enderman, der es bewachte, und nutzte das Amulett, um eine neue Welt zu schaffen."

Ich starre ihn sprachlos an.

„Das ... das war ich!", stammele ich nach einer Weile. „Ich habe die Riesenspinne besiegt! Ich habe das Rätsel der Druckplatten gelöst! Ich war es, der das *Auryn* nahm, den Enderman besiegte und diese Welt schuf!"

„Lügner!“, ruft der König. „Wachen, tötet diesen Schwindler!“

Die Soldaten ziehen ihre Schwerter, doch bevor sie mich in Stücke hacken können, ruft der König: „Nein, wartet!“

Die Wachen stecken ihre Waffen wieder ein.

„Wenn ich's mir recht überlege, würde es wohl wenig nützen, dich zu töten. Du würdest bloß an deinem Spawnpoint aufwachen. Von dort aus könntest du planen, meinen Thron zu erobern. Das kann ich nicht zulassen! Wachen, bringt den Verräter ins Gefängnis!“

Verzweifelt boxe ich mit bloßen Fäusten auf die Soldaten ein, in der Hoffnung, dass sie sich wehren und ich dabei sterbe. Doch sie ignorieren meine Schläge einfach und schieben mich mit reiner Körperkraft vor sich her. Ich stolpere eine gewundene Treppe hinunter in einen mit Fackeln erleuchteten Gang. In einer Wand aus Bedrock befinden sich in regelmäßigen Abständen Metalltüren. Ein Soldat öffnet eine davon und stößt mich in einen quadratischen Raum mit drei Würfeln Kantenlänge. Ein Bett steht in einer Ecke, ansonsten ist der Raum leer.

Die Tür fällt hinter mir zu. Ich versuche sie zu öffnen, aber das gelingt natürlich nicht. Ich sitze in der Falle!

14.

Jemand hämmert in Amelies Kopf herum; so fühlt es sich jedenfalls an. Sie liegt auf der Matratze. Kinderlieder plärren im Hintergrund und verstärken ihre Kopfschmerzen noch. Sie hält die Augen geschlossen, um ihr empfindliches Gehirn vor dem grellen Licht und den knallbunten Farben zu schützen.

Was haben die ihr bloß für ein Zeug gegeben? Wie ist es möglich, dass eine Kasperlepuppe lebendig werden und sich mit ihr unterhalten kann? Es hat so echt gewirkt! Träume können auch manchmal sehr real sein. Liegt sie immer noch im Bett der Ferienwohnung und wird gleich aufwachen, um mit ihrer Mutter und ihren Großeltern zu frühstücken? Das wäre schön!

Doch wenn dies ein Traum ist, dann endet er noch nicht. Sie hört das Geräusch eines Schlüssels an der Tür, und jemand betritt den Raum. Kurz darauf ist das Geräusch eines Riegels zu hören, der von außen vorgeschoben wird.

„Amelie?“ Es ist die Stimme der Pflegerin, die ihr die Spritze gegeben hat.

Amelie bleibt mit geschlossenen Augen reglos liegen. Die Pflegerin beugt sich über sie und rüttelt sie an der Schulter. „Wach auf! Du musst deine Medikamente nehmen!“

Mit halb geöffneten Augen lallt Amelie: „Wasnlos? Wobinni?“

„Setz dich hin! Du musst deine Pillen nehmen!“

„Willsu Mama!“

„Ja, ja“, sagt Schwester Christa ungeduldig. „Du kommst bald zu deiner Mama. Aber nur, wenn du deine Medikamente nimmst und wieder gesund wirst!“ Sie hält ihr einen kleinen Becher mit bunten Pillen und einen größeren mit Wasser hin.

„Nein! Willnich!" Amelie macht eine unbeholfene Bewegung mit dem Arm und schlägt Schwester Christa die Becher aus der Hand. Das Wasser spritzt ihren Kittel nass, während die bunten Pillen in alle Richtungen fliegen.

„Du kleines Biest! Na warte! Wenn du die Pillen nicht nehmen willst, dann gebe ich dir eben eine Spritze!"

Amelie stöhnt, lässt sich zurück auf die Matratze fallen und schließt die Augen. Sie hört, wie die Pflegerin etwas aus einer Plastikverpackung herausnestelt.

„So, jetzt halt schön still!" Schwester Christa beugt sich über sie und schiebt den Ärmel von Amelies Sweatshirt hoch.

Jetzt! Amelie öffnet die Augen, packt Schwester Christas Handgelenk mit der einen Hand und entreißt ihr mit der anderen die Spritze. Bevor die Pflegerin begreift, was geschieht, rammt Amelie ihr die Nadel in den Oberschenkel und drückt den Inhalt der Spritze hinein. Die Pflegerin starrt sie erschrocken an.

„Au! Nein! Was hast du ..." Ihre Augen werden glasig, und sie sackt zu Boden.

Amelie springt auf und stellt sich neben die Tür.

„Hilfe!", ruft sie. „Kommen Sie schnell! Die Schwester ist ohnmächtig geworden!"

Sie hört, wie der Riegel auf der Außenseite der Tür zur Seite geschoben wird. Pfleger Bertram kommt herein. Als er Schwester Christa bewusstlos am Boden sieht, stürzt er zu ihr.

„Christa! Was zum Teufel ..."

Erst, als er neben der bewusstlosen Pflegerin kniet, kommt er auf die Idee, sich nach Amelie umzusehen, doch die hat die Gelegenheit genutzt und ist aus dem Raum geschlüpft. Sie zieht die schwere Eisentür zu und verriegelt sie von außen.

Drinnen hört sie den Pfleger toben: „Du Miststück! Mach sofort die Tür auf! Das wirst du bereuen! Alarm! Eine Patientin ist ausgebrochen!“

Durch die schwere Metalltür ist Bertrams Stimme gedämpft, aber Amelie zweifelt nicht daran, dass bald jemand mitbekommen wird, was sie getan hat. Sie läuft den Gang entlang. An einem Ende befindet sich die Tür zum Patiententrakt, am anderen die Eingangshalle der Klinik. Amelie versucht, ihre bohrenden Kopfschmerzen zu ignorieren, öffnet die Tür und betritt so gelassen wie möglich die Eingangshalle. Der Empfangstresen ist nicht besetzt. Sie geht auf die Glastür zu, die in die Freiheit führt. Draußen ist es dunkel.

Als Amelie die Klinke herunterdrückt, lässt sich die Tür nicht öffnen. Ein Schlüsselloch gibt es nicht, dafür einen Magnetkartenleser neben dem Rahmen. Also ist das Schloss elektronisch verriegelt. So ein Mist! Amelie könnte versuchen, die Glastür einzuschlagen, aber das würde eine Menge Lärm machen und bestimmt die übrigen Pfleger auf den Plan rufen. Stattdessen geht sie zum Arbeitsplatz der Empfangsdame hinter dem Tresen. Hier muss es irgendwo einen Knopf geben, mit dem man die Tür entriegeln kann.

Auf dem Tisch stehen ein ausgeschalteter Computer und eine Telefonanlage mit einer Unzahl von Knöpfen. Vielleicht öffnet einer davon die Tür? Doch die Knöpfe sind nur mit unverständlichen Abkürzungen beschriftet: *EJ, PvD, NA, SD* und so weiter. An keinem steht „Öffnen“ oder „Tür“. Verzweifelt sucht Amelie weiter. Als sie sich auf den Boden kniet, entdeckt sie unter der Tischplatte einen kleinen

Druckknopf. Das könnte der Türöffner sein, oder ein Alarmknopf.

Während Amelie noch überlegt, ob sie den Knopf drücken soll, ertönt eine Stimme: „Kann ich dir vielleicht helfen?"

Amelie erstarrt. Vor dem Tresen steht Dr. Johannsen. Er lächelt freundlich, doch seine Augen sind eiskalt.

„Lassen Sie mich gehen!", fordert Amelie.

„Aha. Ach so. Natürlich lassen wir dich gehen, Amelie. Aber erst, wenn du wieder gesund bist."

„Ich bin gesund!"

„Aha. Ich fürchte, das kann nur ein Arzt beurteilen."

„Sie sind kein Arzt! Sie sind ein Betrüger!"

„Ach so. Aber du täuschst dich, Amelie! Du bist es, die hier betrügt, und zwar dich selbst. Du weißt nicht mehr, was real ist und was nicht!"

„Wenn ich hier rauskomme, werde ich dafür sorgen, dass die Polizei und das Gesundheitsamt diese Klinik untersuchen!", schreit Amelie, außer sich vor Wut. „Ich bin sicher, ich bin nicht die einzige Patientin, die unfreiwillig hier ist!"

Dr. Johannsens Lächeln weicht für einen Moment einem Ausdruck des Zorns, doch dann hat er sich wieder im Griff.

„Ganz ruhig, Amelie! Ich will dir nichts tun!"

Der Arzt kommt näher. Verzweifelt sieht sich Amelie um. In einem Becher für Stifte neben der Telefonanlage entdeckt sie einen Brieföffner. Sie umklammert ihn mit beiden Händen und hält ihn vor sich wie ein zu kurz geratenes Schwert.

„Kommen Sie mir nicht zu nahe!"

„Ach so. Bitte beruhige dich! Du bist sehr aufgeregt, aber dafür gibt es keinen Grund. Alles wird gut. Leg den Brieföffner hin, bevor du dich noch verletzt!"

„Wenn ich jemanden verletze, dann Sie! Gehen Sie zurück hinter den Tresen!"

Dr. Johannsen hebt abwehrend die Hände. „Aha. Gib auf, Amelie! Du kommst hier nicht raus. Dies ist eine Klinik für gefährliche Patienten. Wir haben die besten Sicherheitsmaßnahmen."

Bevor Amelie etwas erwidern kann, stürzt ein junger Mann im weißen Pflegerkittel in den Raum. „Dr. Johannsen! Kommen Sie schnell!"

Der Doktor zeigt auf Amelie. „Helfen Sie mir zuerst, dieses widerspenstige Biest ruhig zu stellen! Sie von rechts, ich von links!"

15.

Ich bin in einer kleinen Zelle aus Bedrock eingesperrt, aus der es kein Entkommen zu geben scheint. Die Eisentür kann ich ohne Werkzeug nicht zerstören, und selbst wenn es mir gelänge, gibt es da draußen Wachen. Das Bett darf ich auf keinen Fall benutzen, denn das würde dazu führen, dass ich immer wieder in dieser Zelle aufwache, falls ich in der Würfelwelt getötet werde. Sollte ich allerdings hier drin sterben, ohne in dem Bett geschlafen zu haben, würde ich in meiner Hütte wieder aufwachen. Das wäre wie Teleportieren, auch wenn ich dabei meine Ausrüstung verlieren würde.

Aber wie begeht man in Minecraft Selbstmord? Die gängigen Methoden sind: sich von Monstern töten lassen, aus großer Höhe abstürzen, in Lava springen oder ertrinken. Falls man welches dabei hat, kann man sich auch mit TNT in die Luft sprengen. Doch nichts davon lässt sich in dieser Zelle durchführen. Ein Hungerstreik funktioniert wahrscheinlich auch nicht - im normalen Schwierigkeitsgrad wird man ohne Nahrung zwar schwach, aber man stirbt nicht.

Vielleicht kann ich die Wachen irgendwie provozieren, mich zu töten? Durch das Gitterfenster in der Eisentür sehe ich ein Stück des Gangs. Er ist leer.

„He, Wache!“, rufe ich. „Wache!!!“

Nichts rührt sich.

„Lasst mich sofort hier raus!“

Keine Schritte sind zu hören.

„Hilfe! Hier ist ein Zombie in meiner Zelle!“

„Wirst du jetzt endlich still sein? Ich kann nicht denken, wenn du so herumbrüllst!“ Die Worte kommen nicht vom

Gang, sondern aus meiner Nachbarzelle. Die Stimme ist durch die Bedrock-Wand gedämpft, dennoch erkenne ich sie sofort wieder. Einen Moment lang bin ich zu verblüfft, um etwas zu sagen.

„Na endlich“, sagt mein Zellennachbar.

„Platon?“

Nun ist es an ihm, überrascht zu schweigen.

„Platon? Hörst du mich?“

„Ja.“

„Ich bin es, Marko!“

„Ich habe deine Stimme erkannt, aber ich kann nicht glauben, dass meine Sinne mich nicht trügen“, gibt der Philosoph zurück. „Du kannst nicht Marko sein.“

„Aber ich bin es. Wir haben zusammen die Riesenspinne besiegt.“

Platon lacht trocken. „Ja, du musst Marko sein, wenn du schon wieder vergessen hast, dass ich die Spinne getötet habe, während du in einen kuscheligen Seidenkokon eingewickelt warst. Aber wie ist das möglich? Willst du mich quälen, indem du dich zum Schein in eine deiner Gefängniszellen einsperren lässt und mich verhöhnst? Oder willst du etwa am Ende doch auf meinen Rat hören?“

„Ich bin nicht der, für den du mich hältst. Es ... es gibt anscheinend in dieser Welt zwei Versionen von mir. Derjenige, der sich zum König erklärt hat, ist mein Doppelgänger. Er hat mich verhaften und ins Gefängnis werfen lassen. Ich bin der echte Marko.“

„Warum sollte ich dir das glauben?“

„Würde ich mich hier einsperren lassen, wenn ich der König wäre?“

„Woher soll ich wissen, was in deinem von Größenwahn und Machthunger zerfressenen Verstand vorgeht? “

„So ist es nicht, ehrlich! Ich bin nicht der König!" Ich erzähle ihm, wie ich durch die Welt irrte, die ich selbst geschaffen habe, wie ich den Enderdrachen besiegte und schließlich in die große Stadt gelangte. „Glaub mir, ich war auch ziemlich überrascht, als ich ihm gegenüberstand", ende ich.

„Eine faszinierende Geschichte", gibt Platon zu. „Doch es ist unmöglich, ihren Wahrheitsgehalt zu überprüfen, solange ich nicht dich und deinen angeblichen Doppelgänger nebeneinander sehe."

„Wenn du mir schon nicht glaubst, erzähl mir wenigstens, wie du hierhergekommen bist!"

Der Philosoph seufzt. „Also schön. Nachdem du entgegen meinem ausdrücklichen Rat das Amulett der Macht anlegtest und die schwarze Gestalt vernichtetest, fiel ich in Ohnmacht. Ich erwachte inmitten einer lieblichen Landschaft. Da alles immer noch recht grob, aber nicht vollkommen abstrakt war, wusste ich, dass ich in derselben Welt war wie zuvor, nur eben nicht mehr in einer Höhle, sondern an der Oberfläche. Du jedoch warst verschwunden. Ich wanderte sorglos umher, denn die Welt schien friedlich zu sein, doch in der Nacht wurde ich von Unholden bedrängt und kam nur knapp mit dem Leben davon. Meine Rettung war eine kleine Ansammlung von Hütten, deren Lichter ich in der Ferne sah. Sie wurde von knollnasigen Gesellen bewohnt, dumm, aber friedfertig. Ich beschloss, mich bei ihnen niederzulassen. Als Gegenleistung für ihren Schutz und die Nahrung, die sie mir boten, versuchte ich, ihnen die Grundlagen der Mathematik und Philosophie beizubringen, doch vergeblich. Sie sahen mich bloß an und machten ‚Hä?', um mir zu signalisieren, dass sie kein Wort verstanden hatten. Dennoch beschloss ich, bei ihnen zu bleiben, denn ihre Gesellschaft war doch besser als die Einsamkeit."

Platon macht eine kurze Pause, als müsse er sich die Ereignisse erst wieder in Erinnerung rufen.

„Ich muss wohl ein halbes Dutzend Tage bei ihnen gewohnt haben, als drei Knollnasen in Rüstungen kamen. Obwohl sie nur einzelne, abgehackte Laute von sich gaben, entstand große Aufregung unter meinen Freunden. Einer der Dorfbewohner sprach mit ihnen, und obwohl ich ihre seltsame Sprache nicht verstand, wurde bald klar, dass er sich weigerte, ihre Befehle zu befolgen. Sie töteten ihn vor meinen Augen. Daraufhin schleppten die anderen Vorräte herbei: Brot, Früchte und Fleisch. Die Soldaten sammelten alles ein. Ich muss gestehen, ich hatte gute Lust, mein friedfertiges Wesen zu vergessen und den Kerlen eine Lektion mit dem Schwert zu erteilen, denn ich fühlte mich ihnen mehr als ebenbürtig. Doch ich habe in meinem Leben gelernt, dass dort, wo ein Soldat ist, bald mehr erscheinen, und so erschien es mir sinnlos, Gewalt anzuwenden. Stattdessen folgte ich der Truppe in einiger Entfernung. So gelangte ich in diese Stadt. Bald ahnte ich, dass du die Ursache für das Verhalten der Soldaten sein musstest. Und tatsächlich wurde ich nach einigem Hin und Her zu dir vorgelassen."

„Das war nicht ich!", wende ich ein.

Platon ignoriert den Einwand. „Du warst sehr erfreut, mich zu sehen. Wir haben uns umarmt, so gut es mit diesem Kastenkörper ging. Du ludst mich ein, an deinem Hof zu verweilen und dir Gesellschaft zu leisten. Ich willigte ein, denn ich konnte verstehen, dass dir die knollnasigen Gesellen wenig Zerstreuung boten. Wir unterhielten uns lange. Zu Anfang machte mir das Spaß, doch bald merkte ich, dass du dich verändert hattest. Du warst auch vorher schon dickköpfig, uneinsichtig und begriffsstutzig ..."

„Danke!"

„... und hast mich dauernd unterbrochen. Aber wie ich befürchtet hatte, war es nun noch viel schlimmer. Dir war die Macht zu Kopfe gestiegen, die dir das Amulett verlieh."

„Moment mal!", rufe ich. „Das Amulett? Willst du damit sagen, er hat es immer noch?"

„Das weiß ich nicht. Ich habe es nie gesehen."

„Gut. Ich habe es nämlich ins Meer geworfen."

„Eine kluge Entscheidung, nachdem du damit schon so viel Unsinn angerichtet hattest." Ich bin nicht sicher, ob er das sarkastisch meint.

„Ich weiß, du hattest recht. Ich hätte die Macht nicht nutzen sollen. Es tut mir leid. Bitte fahre fort."

„Nun, wie ich dir bereits erzählt habe, war ich einst der Berater Dionysios des Zweiten von Syrakus. Solange er noch keine Macht besaß, war er ein aufgeweckter Junge. Doch kaum saß er auf dem Thron, wurde er jähzornig und streitsüchtig. Statt auf meinen Rat zu hören, schlug er ihn in den Wind. So ahnte ich bereits, was mich erwartete, als ich an deiner Seite saß. Und genau wie er damals wurdest auch du immer ungeduldiger. Je mehr Reichtümer dir deine Untertanen brachten, desto größer wurde deine Gier. Du befahlst den Knollnasen, eine große Armee aufzustellen, wofür du viele Vorräte brauchtest. Du raubtest den friedlichen Dorfbewohnern sogar ihre Kinder, um sie zu Soldaten zu machen. Als ich dich fragte, gegen welchen Feind du zu Felde ziehen wolltest, antwortetest du nur, gegen jeden, der sich dir in den Weg stellen werde. Du wurdest immer misstrauischer und wittertest hinter jedem

Strauch eine Verschwörung. Am schlimmsten war es jedoch, als ich dich nach der anderen Welt und nach der Jungfrau deines Herzens fragte. Du bekamst einen Tobsuchtsanfall, nanntest mich einen Lügner und Verschwörer und warfst mich ins Gefängnis."

„Ich wurde wütend, als du von Amelie sprachst?"

„In der Tat, das wurdest du."

„Das ist seltsam. Dieser Kerl dort auf dem Thron muss so etwas wie meine dunkle Seite sein. All meine schlechten Eigenschaften in konzentrierter Form. Offenbar habe ich ihn versehentlich hervorgerufen, als ich mit dem Amulett diese Welt erschuf."

„Wenn dem so ist, dann mögen uns die Götter gnädig sein."

„Wir müssen ihn stürzen", stelle ich fest.

„Und dann? Würde die absolute Macht des Tyrannen nicht ebenso dein Hirn vergiften wie seines?"

„Nein. Es mag sein, dass ich ebenfalls von der Macht verlockt würde, doch was auch immer geschieht, ich werde niemals Amelie vergessen. Für sie würde ich alles tun."

„Wie romantisch! Nun, es heißt, die Götter seien mit den Liebenden und den Idioten, wobei meiner Erfahrung nach zwischen beiden kaum ein Unterschied besteht. Vielleicht besteht also doch noch Hoffnung, dass ich die Ewigkeit nicht in dieser lausigen Zelle verbringen muss."

„Aber wie kommen wir hier raus?"

„Ganz einfach. Wir müssen einen der Wächter dazu bringen, die Tür zu öffnen."

„Wenn das so einfach ist, wieso hast du es nicht schon längst getan?"

„Ich spreche die Sprache der Knollnasen nicht. Du jedoch hast behauptet, du verstündest, was sie sagen."

„Das stimmt."

„Dann wirst du mit dem Wärter reden und mir übersetzen, was er sagt. Ich werde dir dann die Antwort vorgeben. Da diese Gestalten im Grunde ihres Herzens keine Soldaten, sondern friedliche Bauern sind, noch dazu nicht besonders intelligent, sollte es uns wohl gelingen, einen von ihnen auf unsere Seite zu ziehen."

„Also schön, wir können es ja versuchen. Aber wo sind die Wärter? Ich kann keinen von ihnen entdecken."

„Sie sind in der Nähe. Wir müssen sie nur anlocken."

„Aber wie? Ich hab doch schon versucht, einen herbeizurufen!"

„Du hast ‚Wache!' gerufen, ‚Lasst mich hier raus!' und ‚Hilfe, hier ist ein Zombie!' Solche Rufe beziehen sich nur auf Probleme, die du, der Gefangene, hast. Und derlei Gefangenensorgen sind naturgemäß für einen Gefängniswärter von untergeordneter Bedeutung."

„Willst du damit sagen, ich soll etwas rufen, das für den Wärter ein Problem ist?"

„Wie bin ich beeindruckt von deiner Auffassungsgabe." Das war definitiv sarkastisch.

Was könnte ein Gefängniswärter für Probleme haben?

„He, Wärter!", brülle ich. „Deine Nase sieht aus wie eine verschrumpelte Gurke!"

Keine Reaktion.

„Wärter, du bist so dumm, gegen dich ist ein Schaf ein Genie!"

Nebenan höre ich Platon leise seufzen, ansonsten bleibt alles still. Beleidigungen scheinen nicht zu funktionieren. Worüber könnte sich ein Wärter sonst noch Gedanken machen?

„He, Wärter! Findest du nicht auch, dass du total unterbezahlt bist?“, rufe ich.

Nichts.

Ich hab’s! Das Einzige, wovor die Bewohner der Stadt wirklich Angst haben, ist der König.

„He, Wärter! Ich bin der König! Ihr habt mich aus Versehen eingesperrt! Lass mich sofort raus, oder es wird dir schlecht ergehen!“

Ich höre ein schnaubendes Geräusch, so etwas wie ein unterdrücktes Lachen. War das der Wärter? Nein, wohl eher mein Zellennachbar.

„Hast du vielleicht eine bessere Idee?“, frage ich.

Platon grummelt etwas. Dann brüllt er aus Leibeskräften: „Alarm! Alarm! Der Gefangene bricht aus!“

16.

„Dr. Johannsen!", ruft der Pfleger. „Die Gefangenen ... ich meine, die Patienten! Sie brechen aus!"

Der Psychiater fährt herum. „Aha. Was?"

Das ist Amelies Gelegenheit. Sie nutzt den Moment der Unachtsamkeit, um auf den Tisch und über den Empfangstresen zu springen und an dem überraschten Pfleger vorbei in Richtung des Patiententrakts zu rennen.

„Halten Sie sie auf!", brüllt Dr. Johannsen. Der Pfleger greift nach Amelie, doch sie weicht ihm aus und sprintet den Gang entlang, vorbei an der Metalltür, gegen die Bertram von innen mit der Faust hämmert, und durch die Tür am Ende in einen weiteren Flur.

Im Aufenthaltsraum am Ende des Korridors herrscht Chaos. Mehrere Patienten liefern sich eine wilde Schlacht mit zwei Männern und einer Frau in weißen Kitteln. Die Pfleger werden von den Insassen der Nervenklinik mit improvisierten Waffen und Wurfgeschossen bedrängt: Teller, Besteck, belegte Brote, Salzfässchen und Milchkannen fliegen durch die Luft. Der Boden ist glitschig von Butter und diversen Flüssigkeiten. Ein älterer Mann im Bademantel attackiert eine Pflegerin mit einem Stuhl, den er vor sich hält, die Beine nach außen gerichtet. Eine dicke Frau drischt mit einem Sofakissen auf einen der Pfleger ein. Ein anderer ringt mit zwei Patienten, die versuchen, ihm eine Beruhigungsspritze zu entreißen. Zwei oder drei Patienten tanzen fröhlich herum, werfen die Arme in die Luft und johlen vor Vergnügen, als wären sie auf einer Party. Ein junger Mann mit aufgedunsenem Gesicht sitzt auf dem Sofa und starrt in den Fernseher. „Sssseid do...do...doch mal ruhig!", ruft er. „Es l...läuft gerade Mi...Micky Maus!"

Eine kleine Gruppe von Patienten macht sich an einem der Fenster zu schaffen. Sir William drischt mit einem Stuhl darauf ein, erreicht jedoch außer ein paar kleineren Sprüngen nichts; das Fenster scheint aus bruchsicherem Glas zu bestehen. Karl und Elfie versuchen mit Messern und Gabeln den Fensterrahmen aufzuhebeln, bisher ohne erkennbaren Erfolg.

„Schluss jetzt!", brüllt Dr. Johannsen. „Ihr räumt mir die Sauerei hier sofort wieder auf, sonst gibt es nie wieder Nachtisch!"

Die Patienten lassen Stühle, Teller, Kissen und sonstige Gegenstände sinken. Einige senken schuldbewusst die Köpfe.

„Nein!", ruft Amelie. „Jetzt reicht es! Wir lassen uns nicht mehr von Ihnen tyrannisieren und krankmachen!"

„Sie hat recht!", stimmt Karl zu. „Dr. Johannsen will uns bloß wieder Spritzen geben, damit wir nicht mehr denken können! Auf ihn mit Gebrüll!"

„Zum Angriff!", schreit Sir William. „Nieder mit dem Feind! Lieber gehen wir ehrenvoll in den Tod, als uns kampflos zu ergeben!"

Die Schlacht geht weiter. Karl, Sir William, Elfie und Amelie stürzen sich auf Dr. Johannsen, der verzweifelt versucht, sie mit einer Beruhigungsspritze in Schach zu halten. Für einen Moment sieht es aus, als verlaufe die Rebellion siegreich, doch dann kommen der junge Pfleger und Bertram hinzu. Letzterer packt Karl und schleudert ihn zu Boden. Als Nächstes greift er sich Elfie, die sich an einen von Dr. Johannsens Armen gekrallt hat.

„He! Ich bin ein Gespenst! Du kannst mich gar nicht sehen!", schreit sie, doch so sehr sie auch strampelt und zetert, Bertrams brutaler Kraft hat sie nichts entgegenzusetzen.

„Das Mädchen!", ruft Dr. Johannsen. „Sie ist die Anführerin! Halten Sie sie fest, damit ich ihr eine Beruhigungsspritze geben kann!"

Bertram kommt mit ausgebreiteten Armen auf Amelie zu. „Ganz ruhig!", sagt er. „Wenn du brav bist, passiert dir nichts!"

Vorsichtig geht Amelie rückwärts. „Für das hier kommen Sie alle ins Gefängnis!", erwidert sie. „Dafür sorge ich!"

„Du kleines Biest!", ruft Bertram und macht einen Satz nach vorn, doch Amelie, die damit gerechnet hat, weicht zur Seite aus.

Als der Pfleger versucht, die Richtung zu ändern, rutscht er auf dem glitschigen Boden aus und schlägt hin. Darauf hat Amelie nur gewartet. Sie springt auf seinen Rücken und umklammert seinen Hals, um ihn in den Schwitzkasten zu nehmen. Doch der kräftige Bertram rappelt sich auf, als hätte sie gar kein Gewicht. Im nächsten Moment allerdings knallt er wieder zu Boden. Sir William hat ihn mit einem gezielten Tritt gegen die Beine zu Fall gebracht. Nun wirft sich auch der Möchtegern-Geheimagent, der deutlich mehr auf die Waage bringt als Amelie, auf den Pfleger. Dem entfährt ein „Umpf", als die Luft aus seiner Lunge gedrückt wird.

Inzwischen haben Karl und die Prophetin Ismalda, die für ihr Alter erstaunlich kräftig ist, den tobenden Dr. Johannsen überwältigt. Elfie entreißt ihm die Spritze und rammt sie Bertram in den Hintern. Der bäumt sich noch einmal auf, bevor sein Körper erschlafft.

Nachdem der kräftige Pfleger außer Gefecht ist, erlahmt auch der Widerstand der anderen rasch. Der junge Pfleger, der Bertram aus dem Beruhigungszimmer befreit hatte, hebt die Hände und ergibt sich kampflos. Nur Dr. Johannsen tobt immer noch und brüllt seine Mitarbeiter an, die Patienten gefälligst ruhig zu stellen, anderenfalls seien alle gefeuert. Erst, als ihm Karl ein Handtuch um den Mund bindet, verstummt er allmählich.

„Der Sieg ist unser!“, ruft Sir William. „Es lebe unsere Majestät! Es lebe England!“

„Was machen wir jetzt?“, fragt Elfie.

„Marko!“, sagt Amelie. „Wo ist er?“

Karl wendet sich an den jungen Pfleger, der sich ergeben hat. „Wo ist der Junge, der im Koma liegt, Ralf?“ Er fuchtelt drohend mit einer Spritze, die er einem der anderen Pfleger weggenommen hat.

„Schon gut“, sagt Ralf. „Ich hatte sowieso vor, diesen Job zu kündigen. Kommt, ich bringe euch zu ihm.“

„Moment“, wendet Sir William ein. „Das könnte eine Falle sein!“

„Amelie und ich gehen mit ihm“, entscheidet Karl. „Ihr anderen bleibt hier und haltet die Pfleger in Schach. Passt besonders auf Dr. Johannsen auf. Fesselt ihn am besten mit allem, was ihr habt.“

„Geht in Ordnung!“, sagt Sir William. „Als Offizier des Geheimdienstes ihrer Majestät übernehme ich das Kommando!“

Ralf führt Amelie und Karl durch einen Korridor am anderen Ende des Aufenthaltsraums zu einem kleinen Krankenzimmer. Marko liegt mit geschlossenen Augen auf dem Rücken. Neben ihm piepen gleichmäßig die Apparate, an die er angeschlossen ist. Wenigstens scheint sein Zustand stabil zu sein.

„Er muss in ein richtiges Krankenhaus!“, stellt Amelie fest.

„Ich fürchte, in diesem Zustand ist er nicht transportfähig“, sagt Ralf. „Jedenfalls nicht ohne ärztliche Begleitung. Wir müssen die Polizei informieren und einen Krankenwagen anfordern.“

„Wenn wir das machen, wird die Polizei denken, es gab hier eine Patientenrevolte. Sie werden alle Patienten einsperren und Dr. Johannsen und die Pfleger befreien. Der Psychiater wird behaupten, wir seien alle verrückt. Dann hat er gewonnen.“

„Ich könnte ihnen die Wahrheit sagen“, schlägt Ralf vor.

„Können wir ihm trauen?“, fragt Amelie, an Karl gerichtet.

Der zuckt nur mit den Schultern, obwohl sie das Gefühl hat, dass er genau weiß, wie Ralf reagieren würde.

„Ich hole Hilfe!“, entscheidet Amelie. „Ralf, du musst mir die Ausgangstür öffnen.“

„Okay“, sagt der Pfleger. „Komm mit.“

17.

„Hä?“, ruft einer der Gefängniswärter. Ich blicke durch die Gitterfenster in der Tür auf den Gang, kann ihn jedoch nicht sehen.

„Was hat er gesagt?“, fragt Platon.

„Das weiß ich nicht“, antworte ich.

„Warum nicht? Ich dachte, du verstehst ihre Sprache.“

„Nur, wenn ich sie sehen kann.“

Endlich kommt der Wärter in mein Blickfeld. „Hä?“, fragt er erneut. *Was ist hier los? Warum macht ihr so ein Gebrüll?*

„Verstehst du ihn jetzt?“, fragt Platon.

„Ja.“ Ich wiederhole, was der Wärter gesagt hat.

„Hä?“, macht der Wärter.

„Was hat er jetzt gesagt?“

„Er fragt, warum ich alles wiederhole, was er sagt.“

„Sag ihm, dass ich ausgebrochen bin.“

„Ich glaube, er versteht, was du sagst. Und er sieht, dass du immer noch in der Zelle bist.“

„Ha!“, bestätigt der Wärter.

„Falsch!“, behauptet Platon. „In Wahrheit ist jetzt er der Gefangene. Kraft meiner Autorität als führender Mathematiker dieser Welt habe ich nämlich soeben diese Zelle als die Außenwelt definiert und die Welt auf der anderen Seite als die Gefängniszelle. Also bin ich frei, und der Wärter ist gefangen.“

„Hä?“, macht der Wärter.

„Was hat er gesagt?“

„Er hat ‚Hä?‘ gesagt.“

„Er ist offensichtlich zu dumm, um zu begreifen, was ich getan habe.“

„Hä?" *Wer ist hier dumm?*

„Was hat er jetzt gesagt?", will Platon wissen.

Doch statt zu übersetzen, nehme ich die Dialogführung selber in die Hand. „Du bist dumm! Du bist so blöd, dass du nicht mal merkst, wenn man dich hereinlegt!"

Ich habe gemerkt, dass der andere Gefangene Unsinn redet. Ich bin nicht dumm!

„Bist du doch! Du bist auf meinen Trick hereingefallen!"

Was für einen Trick?

„Ich habe den Schalter neben der Tür manipuliert. Wenn du darauf drückst, explodiert das ganze Gefängnis!"

Dass ich nicht lache. Du hältst mich wohl für blöd?

„Klar halte ich dich für blöd. Wenn du schlau wärst, würdest du mir glauben. Aber da du dumm bist, denkst du, dass ich lüge. Und genau das ist es, was ich will."

Das könnte dir so passen! Ich werde dir zeigen, dass du mich nicht austricksen kannst!

Der Wärter drückt auf den Knopf. Die Tür meiner Zelle klappt auf.

Siehst du? Nichts ist explodiert! Ich falle nicht auf deine blöden Tricks rein!

Ohne zu zögern springe ich hinaus auf den Gang.

„Ha!", brüllt der Wärter. *Alarm! Der Gefangene bricht aus!*

„Siehst du jetzt, wie blöd du bist?", rufe ich, während ich den Gang entlang haste. „Keine Angst, Platon, ich hole dich hier bald raus!"

„Viel Glück, junger Freund!", ruft Platon mir nach. „Das war übrigens sehr geschickt von dir!"

Ich habe keine Zeit, mich für das Kompliment zu bedanken. Als ich um eine Kurve des Gangs biege, stehe ich unvermittelt drei Soldaten mit Eisenrüstungen gegenüber.

„Euch mache ich fertig, ihr hässlichen Gurkennasen!", brülle ich und prügele mit meinen Fäusten auf den nächsten Soldaten ein.

Der verpasst mir einen Schwerthieb. Ein schmerzhafter Stromstoß durchzuckt mich. Da ich keine Rüstung trage, entzieht mir der Treffer fast meine ganze Lebensenergie. Doch ich kämpfe weiter wie ein Löwe.

„Ha!", ruft der Gefängniswärter. *Halt! Tötet ihn nicht!*

Doch es ist zu spät. Ein zweiter Soldat lässt sein Schwert auf mich herabsausen, und es wird schwarz um mich.

Als ich aufwache, liege ich wieder in meiner Behelfshütte, wie ich es geplant hatte. Wenn Sterben doch auch in der Wirklichkeit so praktisch wäre! Aber natürlich sind meine Probleme noch nicht damit gelöst, dass ich aus dem Gefängnis geflohen bin. Platon hatte in gewisser Hinsicht recht, als er versuchte, den Wärter zu übertölpeln: Diese ganze Welt ist ein Gefängnis. Aber wenigstens habe ich jetzt ein Ziel, eigentlich sogar zwei: Ich muss Platon aus dem Gefängnis befreien und meinen Doppelgänger vom Thron stoßen. In welcher Reihenfolge ich das tun sollte, ist mir allerdings nicht ganz klar. Einerseits kann ich Platon einfach freilassen, sobald ich der neue König bin; andererseits könnte er mir sicher dabei helfen, den Thron zu erobern. Ganz leicht wird das bestimmt nicht, denn dieser andere Marko scheint ebenso intelligent zu sein und ebenso viel zu wissen wie ich.

Was würde ich tun, wenn ich in seiner Situation wäre? Er weiß, dass ich an meinem Spawnpoint aufgewacht bin.

Um mich endgültig zu beseitigen, reicht es nicht, mich zu töten; er muss mich irgendwie festsetzen. Wenn ich er wäre, würde ich an alle meine Untertanen eine Art Steckbrief verteilen, auf dem steht, dass ich zu töten bin, sobald man mich sieht, und dann sofort Meldung an den Palast zu machen ist. Gleichzeitig würde ich Patrouillen in das ganze Land aussenden, die nach einsamen Häusern suchen und die Dorfbewohner nach mir befragen. Auf diese Weise würden die Schergen des Königs mich früher oder später finden. Sie könnten mich wieder und wieder töten und so den Kreis, in dem sich mein Spawnpoint befinden muss, immer weiter einengen, bis sie ihn gefunden haben. Dann wäre ich geliefert. Selbst, wenn ich mit einem Bett umherziehe und meinen Spawnpoint immer wieder verlagere, werden sie mich irgendwann kriegen.

Ich könnte mich stattdessen in irgendeinem Winkel der Welt unter der Erde verkriechen, wahrscheinlich würden sie mich dort nie finden. Aber was hätte ich damit gewonnen? Ich würde mich quasi selbst im Gefängnis einmauern und dem fiesen König so die Arbeit abnehmen, mich loszuwerden. Je mehr ich jedoch versuche, mein Versprechen zu erfüllen und Platon zu befreien, umso leichter wird es für meinen Doppelgänger, mich zu erwischen. Eine echte Zwickmühle!

Mir bleibt nichts anderes übrig: Ich muss zum Angriff übergehen und den König der Würfelwelt stürzen, bevor es ihm gelingt, mich an meinem Spawnpoint festzusetzen. Aber wie soll ich das anstellen? Wenn er so handelt, wie ich es tun würde, dann weiß inzwischen jeder Bürger in der Stadt, dass jemand, der so aussieht wie der König und außerhalb der Festung angetroffen wird, sofort zu töten ist.

Ich müsste mich verkleiden, so dass sie mich nicht erkennen. Aber wie? Im echten Minecraft könnte ich einfach einen Skin aus dem Internet herunterladen, um mein Aussehen zu verändern. Aber hier in der Würfelwelt gibt es diese Möglichkeit nicht.

Moment mal! Mir fällt ein, dass ich mal in einem Let's Play-Video gesehen habe, wie jemand einen Kürbis als Helm aufgesetzt hat. Das sah sehr witzig aus und ermöglichte es, Endermen anzusehen, ohne dass sie angreifen. Allerdings ist ein Kürbishelm etwas unpraktisch, weil er keinen Rüstungsschutz bietet und das Gesichtsfeld einschränkt. Besonders unauffällig ist er auch nicht, aber er hilft vielleicht dabei, dass die etwas begriffsstutzigen Knollnasen mich nicht sofort erkennen.

Ich schmiede mir aus den Eisenbarren, die ich als Reserve in meiner Truhe aufbewahrt habe, ein neues Schwert, zwei Spitzhacken und eine Axt; außerdem crafte ich eine Uhr und einen Kompass. Dann mache ich mich auf die Suche nach einem Kürbis. Unterwegs schlachte ich ein paar Kühe und sammele ihre Häute ein. Als ich alles habe und zur Hütte zurückkehre, geht die Sonne bereits unter. Ich grille das Rindfleisch und crafte mir eine Lederrüstung. Die nützt im Kampf zwar so gut wie nichts, aber sie verbirgt meine blaue Kleidung, die mich sofort als Nichtdörfler enttarnt; außerdem sieht sie von weitem so aus wie eine braune Dorfbewohner-Kutte. In der Nacht und den folgenden zwei Tagen grabe ich nach Bodenschätzen, bis ich genug Diamanten für ein neues Schwert, eine Rüstung und eine Spitzhacke habe. Außerdem stelle ich aus Schwarzpulver, das von diversen Begegnungen mit Creepern übrig ist, und Sand ein paar Blöcke TNT her, für den Fall, dass ich mich selbst oder etwas anderes in die Luft sprengen muss.

So gerüstet mache ich mich auf den Weg in die Stadt. Ich verbringe die Tage unter der Erde und nutze sie, um noch mehr Diamanten und Eisen zu sammeln. Nachts reise ich über Land, wobei ich Dörfer meide, jedoch die eine oder andere Auseinandersetzung mit Untoten nicht vermeiden kann. Auf diese Weise nähere ich mich der Stadt, ohne einer der Knollnasen zu begegnen.

Eines Tages erreiche ich im Morgengrauen den Gipfel eines Gebirges und kann sie in der Ferne liegen sehen. Zwar sind noch keine Stadtbewohner in Sichtweite, aber man kann nie wissen. Also ziehe ich die Lederrüstung an und setze den Kürbis auf. Jetzt sehe ich die Umgebung nur noch durch zwei grobe Augenlöcher, aber mit dieser Einschränkung werde ich schon klarkommen.

Als ich mich der Stadtmauer auf etwa fünfzig Schritte genähert habe, beginne ich zu graben. Besser, ich nähere mich meinem Ziel von unten. Ich schließe den Tunnel über mir wieder, so dass eine zufällig vorbei kommende Patrouille ihn nicht sieht. Nachdem ich den hinderlichen Kürbishelm abgesetzt habe, grabe ich mich zehn Blöcke in die Tiefe und schlage dann einen Tunnel in den Stein, der in Richtung der Stadtmauer führt. Nach hundert Schritten bin ich sicher, unterhalb der Stadt zu sein. Ich warte, bis meine Uhr zeigt, dass die Sonne untergegangen ist und die meisten Bewohner in ihren Häusern sind. Dann grabe ich mich spiralförmig nach oben. Nach kurzer Zeit erscheint über mir ein Holzfußboden; ich befinde mich also unter einem Haus.

Einen Moment lang lausche ich, kann jedoch nichts hören. Dann setze ich den Kürbis auf den Kopf, entferne mit der Axt das Holz über mir und klettere aus dem Schacht. Ich befinde mich in einem kleinen Stadthaus. Zwei Betten stehen links an der Wand. In einem davon liegt ein Dorfbewohner und schläft, das andere ist leer. Während ich mich noch frage, wo der Besitzer dieses Bettes ist, erklingt hinter mir ein erschrockenes „Hä?“

18.

„Lasst mich sofort frei, ihr Schwachköpfe!", schimpft Dr. Johannsen. „Oder ihr bekommt alle einen Riesenärger!"

Elfie ist den Tränen nahe. Der Arzt ist ihr schon unheimlich, wenn er versucht, nett zu sein. So wütend wie jetzt hat sie ihn noch nie erlebt. Ihr wäre es lieber, Sir William hätte das Handtuch, das um den Mund des Doktors gebunden war, nicht entfernt, doch er meinte, er müsse den gegnerischen Spion verhören. Einige der anderen Patienten stehen im Halbkreis um Dr. Johannsen und Sir William herum. Die übrigen sind auf ihre Zimmer gegangen, nachdem die Aufregung vorbei ist, oder gucken Fernsehen.

„Niemals!", erwidert Sir William. „Du sagst mir jetzt sofort, wer dich beauftragt hat, die Königin zu ermorden, oder es wird dir schlecht ergehen!"

Dr. Johannsen sieht Sir William einen Moment lang an. Dann verzieht sich sein Mund zu einem Lächeln, das Elfie Angst macht.

„Ach so. Niemand hat mich beauftragt, unsere Majestät zu ermorden, Sie Trottel! Ich bin hier, um ein Attentat zu verhindern. Ich bin nämlich selbst Mitglied des Geheimdienstes ihrer Majestät!"

„Das kann jeder sagen!", erwidert Sir William.

„Aha. Na, dann schauen Sie doch mal in die Brusttasche meines Kittels. Dort finden Sie meinen Geheimdienstausweis."

Sir William holt eine Plastikkarte mit einem schwarzen Streifen auf einer Seite aus der Tasche und hält sie hoch.

„Da steht aber nichts drauf!"

„Ach so. Natürlich nicht, Sie Idiot! Glauben Sie etwa, ein Geheimdienstmitarbeiter trägt einen Ausweis mit sich herum, auf dem für jeden erkennbar ‚Geheimdienst' steht? Der ist natürlich mit Spezialtinte bedruckt, die nur unter ultraviolettem Licht sichtbar wird!“

„Ach du liebe Zeit!“, ruft Sir William. „Sie haben natürlich recht! Es tut mir leid, dass ich Sie verdächtigt habe, Herr Kollege!“ Er beginnt, die Fesseln des Doktors zu lösen.

„Nein, glaub ihm nicht!“, ruft Elfie.

„Wer hat da gesprochen?“, fragt Dr. Johannsen.

„Das war bloß Elfie“, sagt Sir William. „Sie hält sich für ein Gespenst und denkt, sie kann sich unsichtbar machen.“

„Aha. Aber ich sehe sie nicht!“, sagt Dr. Johannsen. „Also ist sie wirklich unsichtbar!“

Elfie ist verwirrt, aber auch gerührt. Bisher ist es ihr noch nie gelungen, sich in Gegenwart des Doktors unsichtbar zu machen, so sehr sie es auch versuchte. Sie hat schon befürchtet, dass die anderen vielleicht recht haben könnten und sie gar kein Gespenst ist. Aber jetzt ist alles klar: Dr. Johannsen kann sie nicht sehen, also muss sie eines sein. Am liebsten würde sie ihn vor Dankbarkeit umarmen.

„Aber …“, wendet Sir William ein.

„Keine Zeit jetzt!“, unterbricht ihn Dr. Johannsen. „Wir müssen die Attentäterin schnappen! Sie hat den Sprengstoff dabei, den sie unter der Kutsche ihrer Majestät anbringen wird, wenn wir sie nicht aufhalten!“

„Was?“, ruft Sir William erschrocken aus. „Um Himmels willen! Wer ist es?“

„Das Mädchen natürlich, Amelie!“, ruft Dr. Johannsen. „Sie hat sich unter einem Vorwand hier eingeschlichen. Schnell, Herr Kollege, machen Sie mich los, sonst ist es zu spät! Und die anderen auch!“

„Sind die anderen etwa auch beim Geheimdienst?“, fragt Sir William.

„Natürlich! Das hier ist die Zentrale einer Spezialeinheit zur Terrorbekämpfung. Warum sonst hätte man einen so fähigen Spezialagenten wie Sie wohl hierher verlegt?“

Sir William strahlt. „Da haben Sie natürlich recht. Los, helft mir! Wir müssen diese guten Leute hier befreien!“

Elfie ist sich nicht sicher, ob das wirklich eine so gute Idee ist, doch sie hilft Sir William, die Fesseln zu lösen, die aus Schnürsenkeln, Bademantelgürteln und Lampenkabeln bestehen.

„Sollen wir sie ...?“, fragt einer der Pfleger, nachdem alle befreit sind. Er deutet mit dem Kopf auf Sir William und Elfie.

„Später“, erwidert Dr. Johannsen. „Erst müssen wir das Mädchen schnappen!“

Sie stürmen aus dem Raum. Elfie sieht ihnen mit einem unguten Gefühl nach.

Amelie und Karl folgen dem Pfleger in die Empfangshalle. Er holt eine Magnetkarte aus der Tasche und ist gerade im Begriff, sie durch den Leseschlitz neben der Glastür zu ziehen, als eine schneidende Stimme ertönt: „Halt!“

Amelie erstarrt. Sie blickt sich um und sieht Dr. Johannsen in Begleitung von zwei Pflegern auf sie zu rennen. Wie hat er es geschafft, sich zu befreien?

„Bitte, Ralf, mach die Tür auf!“, fleht sie.

„Wenn Sie das tun, sind Sie gefeuert!“, brüllt Dr. Johannsen.

„Wenn du es nicht tust, wanderst du ins Gefängnis!“, mahnt Karl.

Ralf zieht die Karte durch den Schlitz. Die Tür springt auf.

„Beeilt euch!", ruft er. „Ich versuche, sie aufzuhalten."

„Ich helfe dir", sagt Karl. „Lauf, Amelie! Lauf und hol Hilfe!"

Gemeinsam mit Ralf stellt er sich Dr. Johannsen und zwei anderen Pflegern entgegen. Amelie stürzt aus der Tür und rennt über einen Parkplatz und durch ein geöffnetes Tor in die Nacht.

„Bleib stehen!", brüllt Dr. Johannsen. „Oder dein Freund wird nie wieder aus dem Koma aufwachen!"

Amelie erstarrt. Was soll sie tun?

„Glaub ihm nicht!", ruft Karl. „Wenn du jetzt nicht ... Aua! Das werden Sie bereuen, Sie ..."

Der Schriftsteller sackt zusammen. Dr. Johannsen kommt aus dem Haus. Sein weißer Kittel leuchtet im Mondlicht wie der Umhang eines zornigen Gespensts.

„Wenn du klug bist, rührst du dich nicht vom Fleck, Amelie! Oder willst du etwa den Worten eines Irren glauben?"

„Wenn du Karl nicht glaubst, glaub mir!", ruft Ralf. „Er wird es nicht wagen, Marko etwas anzutun. Jetzt lauf!"

Amelie zögert nur eine Sekunde. Dann dreht sie sich um und rennt die Straße entlang.

„Hinterher, Sie Tölpel!", brüllt Dr. Johannsen. „Holen Sie sie zurück! Und Sie Idiot sind gefeuert! Das wird ein Nachspiel haben! Ich werde Sie ..."

Den Rest hört Amelie nicht mehr. Sie hastet durch die nur schwach beleuchteten Straßen, verfolgt von zwei Männern in weißen Kitteln.

19.

Ich drehe mich um. Die Untertitel hängen noch in der Luft über der zweiten Knollnase, die gerade zur Tür hereinkommt: *Wer bist du? Was tust du hier?*

Bis zu diesem Zeitpunkt habe ich mir noch gar nicht überlegt, was ich auf diese naheliegende Frage antworten soll. Jetzt sage ich das Erstbeste, was mir in den Sinn kommt: „Ich bin Kürbismann, Kämpfer für Freiheit und Gerechtigkeit. Ich bin gekommen, um das Volk von der Tyrannei des bösen Königs zu befreien!"

„Hä?" *Hä?*

Bevor ich noch etwas sagen kann, wacht der zweite Hausbewohner auf und springt vor Schreck aus dem Bett.

Huch? Wer ist das?

Er sagt, er sei Kürbismann, Kämpfer für Freiheit und Gerechtigkeit.

Kürbismann? Ein seltsamer Name für einen Freiheitskämpfer!

Soll ich die Wache rufen?

Nein. Ich glaube, er ist bloß ein bisschen verrückt.

„Äh, hat mich gefreut, euch kennenzulernen. Auf Wiedersehen! Es lebe die Revolution!"

Ich verlasse das Haus und wandere durch die nächtlichen Straßen. Überall sind Fackeln angebracht, die das Spawnen von Monstern verhindern. Außerdem patrouillieren Soldaten durch die Stadt. Sobald ich welche sehe, ändere ich die Richtung und weiche ihnen aus. So irre ich durch das Labyrinth der Straßen, ohne genau zu wissen, wo der Palast liegt oder was ich tun werde, sobald ich dort bin.

Als ich wieder einmal in eine Querstraße einbiege, um eine Patrouille zu umgehen, kommt mir von der anderen Seite ein zweiter Trupp entgegen. Ich sitze in der Falle! Ich könnte versuchen, mich in einem der Häuser zu verstecken. Doch die Soldaten haben mich bereits gesehen, und wenn die Bewohner aus irgendeinem Grund nicht darüber erfreut sein sollten, dass mitten in der Nacht ein Typ mit einem Kürbis auf dem Kopf in ihr Haus eindringt, bekomme ich Ärger. Also gehe ich einfach weiter.

„Ha!" *Halt! Wer bist du und was tust du hier?*

Die beiden Hausbewohner vorhin haben mich für verrückt gehalten. Vielleicht ist es das Beste, wenn die Soldaten das auch glauben.

„Mein Name ist Markus Persson", antworte ich. „Ihr könnt mich Notch nennen. Wusstet ihr, dass diese Welt in Wirklichkeit ein Computerspiel ist, das ich programmiert habe?"

„Hä?" *Hat das irgendwer verstanden?*

Er redet wirr. Er hat einen Kürbis auf dem Kopf. Er ist offensichtlich verrückt.

Was sollen wir mit ihm machen? Ihn einsperren?

Ach was, der ist harmlos. Lass ihn in Ruhe.

Aber wir haben den Befehl, jeden festzunehmen, der nachts ohne guten Grund auf der Straße angetroffen wird.

Verrückt zu sein ist doch ein guter Grund.

„Ha, Ha!" *Das ist lustig!*

„Ha, Ha, Ha!" *Das ist sogar sehr lustig!*

„Hä?" *Also was jetzt? Festnehmen oder nicht?*

Nein, wir lassen ihn laufen.

„Entschuldigung, aber könntet ihr mir sagen, in welcher Richtung der Palast liegt?", frage ich, nachdem ich mich an den Wachen vorbei gedrängt habe.

„Ha!", antwortet einer. *Immer die Straße entlang, am Ende links, dann immer geradeaus. Dann kommst du auf den Platz mit der Kirche. Dort gehst du nach rechts, und dann bist du bald dort.*

„Hä?", fragt der andere. Es klingt misstrauisch. *Was willst du denn dort?*

„Äh, ich wollte mir den Palast nur mal ansehen. Er soll ja wunderschön sein."

Der spinnt wirklich, wenn er den Palast schön findet.

Mir gefällt das nicht. Ich finde, wir sollten ihn doch festnehmen.

Na gut, wenn du meinst. He, Kürbiskopf! Du kommst jetzt mit uns!

Ich renne los.

Er flieht! Hinterher!

Alarm! Alarm!

Gefolgt von den Soldaten haste ich die Straße entlang. Am Ende biege ich links ab. Wie der Soldat gesagt hat, gelange ich bald auf den großen Platz mit der Kirche. Das niedrige Holzgebäude mit den Zombies ist immer noch da. Mit meiner Axt schlage ich ein Loch in die Wand, so dass die Zombies heraus können.

„Ha!", ruft einer der Soldaten. *Bei unserem König! Er hat die Grünhäutigen befreit!*

Während sich die Soldaten mit den Zombies herumprügeln, gelingt es mir, mich in eine Seitenstraße zu verdrücken. Nachdem ich ein paar Mal abgebogen bin, habe ich meine Verfolger abgehängt. Leider weiß ich jetzt nicht mehr, in welcher Richtung der Palast liegt. Ich gehe weiter in die Richtung, in der ich ihn vermute, und finde mich kurz darauf auf dem Platz vor der Kirche wieder. Ich bin im Kreis gelaufen! Von den Soldaten und Zombies ist nichts mehr zu sehen.

Der Soldat hat gesagt, ich soll hier nach rechts gehen. Ich folge also der breiten Straße, die in diese Richtung führt. So gelange ich bald auf den großen Platz mit der Statue. Dahinter erhebt sich der Palast düster und bedrückend wie ein riesiges Gefängnis. Vor dem Tor stehen einige Soldaten Wache. An denen komme ich sicher nicht so einfach vorbei.

Ich kehre um, bevor sie mich bemerken, biege in eine Seitengasse ein, die parallel zum Palast nach Norden führt, und beginne, mich in den Boden zu hacken. Kaum habe ich die ersten Steinblöcke entfernt, höre ich ein scharfes „Ha!"

Ich drehe mich um. Hinter mir steht eine Patrouille.

„Hä?" *Wer bist du und was machst du da?*

„Sieht man das nicht? Ich grabe einen Tunnel!"

Was denn für einen Tunnel?

„Die Kanalisation muss gereinigt werden. Also muss ich einen Tunnel dorthin graben." Ich hacke mich weiter in die Tiefe.

Ich habe noch nie etwas von einer Kanalisation unter der Stadt gehört!

„Die wenigsten wissen davon. Noch weniger haben Lust, den ganzen Dreck dort unten zu beseitigen, zumal da Zombies und Spinnen herumlaufen. Ich hab eine Idee: Wie wär's, wenn ihr mir helft? Dann geht es schneller!"

Das geht leider nicht. Wir haben Befehl, verdächtige Personen festzunehmen, die sich nachts in den Straßen herumtreiben.

„Sehr gut, tut das. Und jetzt lasst mich weiterarbeiten, okay?"

Moment, nicht so schnell! Warum trägst du einen Kürbis auf dem Kopf?

„Sicherheitsvorschriften."

Gut, weitermachen.

„Hä?", ruft einer der anderen Soldaten. *Woher willst du wissen, dass der Kerl die Wahrheit sagt? Sollten wir ihn nicht lieber festnehmen?*

„Ja, nehmt mich ruhig fest! Aber einer von euch muss dann in der Zwischenzeit meine Arbeit machen. Der König wird sicher nicht begeistert sein, wenn morgen die Kanalisation nicht gereinigt ist!"

Also gut! Ihr zwei nehmt ihn mit und du machst die Kanalisation sauber.

Ich? Warum denn ich?

Du wolltest schließlich, dass wir ihn verhaften!

Aber das heißt noch lange nicht, dass ich die Drecksarbeit machen muss! Die kannst genauso gut du machen.

Kommt nicht infrage!

Na, ich mach es jedenfalls auch nicht.

Okay, dann machst du es.

Ich? Spinnst du jetzt? Lass den da doch die Arbeit machen.

He, Moment mal ...

Während die Soldaten noch diskutieren, grabe ich weiter. Als ich tief genug bin, mauere ich den Gang hinter mir zu, so dass sie mich nicht mehr erreichen können. Nun schlage ich einen Tunnel in Richtung der Festung. Bald stoße ich auf moosbewachsenen Stein. Das muss die Außenmauer des Palasts sein.

Ich entferne zwei Steinblöcke vor mir und gelange auf einen Gang. Um weniger Aufmerksamkeit zu erregen, schließe ich das Loch in der Wand hinter mir wieder. Auf der gegenüberliegenden Seite befinden sich mehrere Metalltüren mit Knöpfen daneben. Ich drücke einen davon. Die Tür springt auf und gibt den Blick auf eine quadratische Zelle frei, die genauso aussieht wie die, in der ich selbst eingesperrt war. Ich habe den Kerker gefunden!

In der Zelle steht ein Stadtbewohner mit brauner Kutte.

„Hä?“, macht er. *Wer bist du? Was hast du mit mir vor?*

„Ich bin Kürbismann, Kämpfer für Freiheit und Gerechtigkeit!“ Ich werfe eine meiner Eisenspitzhacken ab. „Hier, nimm das und grabe einen Gang in die Freiheit! Aber nimm dich vor den Patrouillen in Acht!“

Danke, Kürbismann! Das werde ich dir nie vergessen!

„Es lebe die Revolution!“

Ich öffne auch die anderen Zellen. Überglückliche Insassen strömen in die Freiheit. Doch Platon ist nicht darunter.

Nachdem ich ein halbes Dutzend Gefangene befreit habe, macht der Gang einen Knick nach rechts. Weitere Zellen sind auf beiden Seiten zu sehen. In der Mitte des Gangs steht ein Gefängniswärter und starrt mich an.

„Äh, hallo!“, sage ich. „Ich bin Kürbismann. Bin ich hier richtig? Ich soll eine Ladung Kürbisse in die Küche liefern!“

Der Wärter starrt mich einen Moment lang an. Dann brüllt er „Ha!“

Der Untertitel lautet: *Alarm!*

20.

Amelie rennt, wie sie noch nie gerannt ist. Hinter sich hört sie die schweren Schritte und das Keuchen der Pfleger. Sie wagt es nicht, zurückzublicken. Ihr Kopf pocht vor Schmerzen und ein Schwindelgefühl überkommt sie, doch sie hastet einfach weiter durch die Dunkelheit. In einiger Entfernung sieht sie eine Gestalt die Straße entlang spazieren. Sie trägt seltsam bunte Kleidung und eine merkwürdige rote Mütze.

„Halt, warten Sie!“, ruft Amelie. „Bitte helfen Sie mir! Sie müssen die Polizei rufen!“

Die Gestalt dreht sich um. Amelie unterdrückt einen Schreckensschrei, als sie das Gesicht wiedererkennt. Es ist aus Holz, mit einer viel zu großen Nase und einem breiten, grinsenden Mund.

„Das ... das kann doch nicht ...“, stammelt sie und wird langsamer.

„Halten Sie sie auf!“, ruft einer der Pfleger hinter ihr. „Sie ist aus der Nervenklinik ausgebrochen und leidet unter Wahnvorstellungen!“

Der Kasper breitet die Arme aus, als freue er sich, Amelie wiederzusehen. „Bleib stehen, Mädchen!“ Seine Stimme klingt wie die einer älteren Frau.

Amelie kneift die Augen zusammen und schüttelt den Kopf. Als sie wieder hinsieht, steht dort keine lebensgroße Kasperfigur mit Zipfelmütze mehr, sondern eine Oma mit grauen Locken und einem Regenmantel.

„Halten Sie sie auf!“, ruft der Pfleger erneut. „Sie braucht dringend ärztliche Behandlung!“

„Die lügen!“

Amelie versucht, an der alten Frau vorbeizulaufen, doch die hält sie am Ärmel ihres Sweatshirts fest. „Beruhige dich, Mädchen! Ich bin sicher, alles wird gut!“

Amelie reißt sich los. „Bitte halten Sie sie auf!“

Die Oma blickt verwirrt zwischen Amelie und den Pflegern, die jetzt nur noch ein paar Schritte entfernt sind, hin und her. „Halt, warten Sie! Was ist denn mit dem Mädchen ...“

Einer der Pfleger stößt die alte Dame beiseite, so dass sie stolpert und hinschlägt.

„Sie Rüpel! Das ist ja unerhört! Ich werde die Polizei rufen! Das werde ich!“

Amelie rennt weiter. Ihre Lunge brennt und ihr Kopf ist kurz davor, zu zerspringen, doch die Angst und die Sorge um Marko geben ihr Kraft. Sie riskiert einen kurzen Blick über die Schultern. Einer der Pfleger ist zurückgefallen und stolpert keuchend die Straße entlang, doch der andere ist ihr immer noch dicht auf den Fersen. Er ist klein und drahtig und scheint ein ausdauernder Läufer zu sein. Amelie wird klar, dass sie ihm nicht davonlaufen kann.

Rechts vor ihr öffnet sich die Tür eines Einfamilienhauses. Ein Mann steht im Eingang, ein kleines Krokodil an einer Leine führend. Sie überlegt nicht lange, sondern rennt auf ihn zu.

„Hilfe!“, ruft sie.

Der Mann starrt sie verdutzt an, während das Krokodil aufgeregt bellt. „Was ist denn los?“, fragt er.

„Sie müssen mir helfen!“, fleht Amelie.

Im selben Moment brüllt der Pfleger hinter ihr: „Halten Sie sie auf!“

Amelie schiebt sich an dem verblüfften Mann vorbei in den Hauseingang und stößt die Tür hinter sich zu, dem Pfleger ins Gesicht.

„Sag mal, was soll denn das?", fragt der Hausbesitzer.

Amelie kann kaum sprechen, so außer Atem ist sie. „Sie ... haben mich ... in der Klinik festgehalten ... gegen meinen Willen ... ich bin nicht ... verrückt."

Es klingelt an der Haustür. Der Mann sieht Amelie kritisch an. Er ist etwa so alt wie Amelies Mutter, mit kurzen schwarzen Haaren, die an den Schläfen grau werden, und leicht abstehenden Ohren.

„Jetzt noch mal ganz langsam. Wer bist du, und warum rennt dieser Mann hinter dir her?"

„Mein Name ist Amelie Schiller. Ich habe einen Freund von mir in der Klinik besucht. Doch sie haben mir Spritzen gegeben und mich eingesperrt. Der Klinikleiter Dr. Johannsen macht dort illegale Experimente."

Während sie redet, klingelt der Pfleger sturm, doch der Mann ignoriert ihn vorläufig. Das Krokodil springt an Amelies Bein hoch und wedelt mit seinem grünen Schwanz. Amelie beugt sich herab und krault den schuppigen Kopf.

„Na, Fluffi scheint dich jedenfalls zu mögen", sagt der Mann. „Er hat eine gute Menschenkenntnis."

Von draußen brüllt der Pfleger: „Glauben Sie ihr nicht! Sie ist paranoid schizophren und braucht dringend ärztliche Behandlung! Machen Sie sofort die Tür auf!"

„Das Mädchen macht auf mich einen ganz vernünftigen Eindruck!", gibt der Mann zurück.

„Das täuscht!", erwidert der Pfleger. „Sie kann sehr gut lügen. Sie ist schon zweimal abgehauen. Einmal hat ihr jemand geholfen. Zum Dank hat sie ihm Geld gestohlen.

Wir haben Tage gebraucht, bis wir sie wiedergefunden haben!"

„Das ist nicht wahr!", sagt Amelie mit Tränen in den Augen.

„Was ist denn hier los? Wer ist das, Hans?"

Amelie fährt herum und erstarrt. Ihre Mutter steht auf der Treppe des Hauses und sieht sie an. Nur, dass es nicht ihre Mutter sein kann.

„Sie heißt Amelie. Sie ist aus der Klinik weggelaufen", sagt der Mann. „Sie sagt, man habe sie dort gegen ihren Willen festgehalten."

„Das stimmt nicht!", ruft der Pfleger von draußen. „Machen Sie endlich die Tür auf! Wenn sie nicht unter ärztlicher Kontrolle ist, ist das Mädchen eine Gefahr für sich und andere!"

„Was denkst du, Johanna?", fragt der Mann.

Die Frau, die aussieht wie Amelies Mutter, runzelt die Stirn. „Wem sollen wir denn nun glauben, Amelie? Kannst du beweisen, dass du die Wahrheit sagst?"

Amelie schüttelt den Kopf. Sie weiß nicht mehr weiter. „Sie ... sie haben mir irgendwas gespritzt", stammelt sie. „Ich ... ich sehe Dinge, die nicht da sind. Ihr ... Hund ..."

„Was ist mit unserem Hund?", fragt die Frau.

Amelie bückt sich, um das Tier erneut zu streicheln. Das Krokodil leckt mit einer langen, rauen Zunge ihre Hand.

„Ich weiß, dass es ein Hund ist", sagt sie, während Tränen über ihr Gesicht strömen. „Aber er sieht für mich aus wie ein Krokodil. Und Sie ... Sie sehen aus wie meine Mutter."

„Unser Fluffi ein Krokodil!", sagt der Mann. „Also ist sie doch verrückt!" Er greift nach der Türklinke.

„Ich weiß nicht", widerspricht seine Frau. „Wenn sie wirklich verrückt wäre, würde sie uns dann von ihren Halluzinationen erzählen? Sieh sie dir an. Sie ist verzweifelt. Ich habe schon länger den Eindruck, dass in dieser Klinik etwas nicht mit rechten Dingen zugeht."

Der Pfleger hämmert mit der Faust gegen die Tür. „Machen Sie endlich auf, oder Sie sind verantwortlich dafür, wenn das Mädchen sich oder Ihnen etwas antut!"

„In der Klinik liegt ein Freund von mir im Koma", sagt Amelie. „Er heißt Marko Leyenbrink. Bitte rufen Sie seine Mutter an! Sie wird Ihnen bestätigen, dass ich nicht verrückt bin."

„Also schön", sagt der Mann. „Komm, Fluffi! Ich fürchte, unser Abendspaziergang fällt heute aus."

„Danke!", sagt Amelie. Sie blinzelt die Tränen beiseite, die ihren Blick verschwimmen lassen. Als sie wieder klar sehen kann, hat die Frau keine Ähnlichkeit mehr mit ihrer Mutter, und Fluffi ist kein Krokodil mehr, sondern ein kleiner weißer Hund mit flauschigem Fell.

Die Frau führt sie in eine kleine Küche. „Ich mache dir erst mal einen Tee. Hans, ruf doch bitte inzwischen mal bei dieser Frau Leyenbrink an. Und du erzählst mir jetzt deine Geschichte von Anfang an."

21.

Was mache ich jetzt? Ich könnte die Wache einfach töten, aber das widerstrebt mir. Der Gefängniswärter macht schließlich nur seinen Job. Also errichte ich stattdessen eine Mauer. Da mein geistiges Inventar voller Steinblöcke ist, geht das so schnell, dass die Knollnase nur noch ein verblüfftes „Hä?“ ausstoßen kann, bevor der Gang zwischen uns verschlossen ist. Ich kann nicht einmal mehr den Untertitel lesen.

Wie ich gehofft habe, ist der Wärter nicht in der Lage, die Mauer zu zerstören; vermutlich gehört eine Spitzhacke nicht zu den Werkzeugen, die das Gefängnispersonal ständig mit sich herumträgt. Rasch befreie ich die übrigen Gefangenen auf meiner Seite des Gangs. Dann gehe ich in die andere Richtung, zurück zu der Stelle, an der ich durch die Gefängnismauer brach. Der Gefangene, dem ich die Spitzhacke gab, hat das Loch wieder geöffnet und ist dadurch entkommen. Die anderen Befreiten folgen ihm.

Der Gang macht weiter hinten einen Knick nach links. Dahinter befinden sich weitere Gefängniszellen. Zum Glück ist kein Wärter in Sicht. Rasch öffne ich die Türen und befreie die Insassen. Aus einer der Zellen stolpert ein bleicher Kastenmann ohne Knollnase, dafür mit Bart und einem weißen Gewand.

„Platon!“, rufe ich erfreut.

„Kennen wir uns?“, fragt er.

„Ich bin‘s, Marko!“ Ich nehme den Kürbis von meinem Kopf.

„Den Göttern sei Dank! Du hast also dein Versprechen gehalten! Übrigens, der Kürbis steht dir gut.“

„Danke, aber statt Komplimente auszutauschen, sollten wir uns lieber aus dem Staub machen!“

„Wie ist dein Plan?“

„Äh, Plan?“

„Du wirst doch sicher genau überlegt haben, was du tust, nachdem du mich befreit hast. Du hast zweifellos einen Fluchtweg vorbereitet, Ausrüstung für mich bereitgelegt, den Grundriss der Festung ausgekundschaftet, einen Weg gefunden, wie wir in den mehrfach gesicherten Thronsaal gelangen und dir überlegt, wie du den König samt seiner fünfzig Soldaten starken Leibgarde nebst einem Dutzend Golems überwinden kannst.“

„Äh, also …“

Bevor ich eine Antwort improvisieren kann, unterbricht mich ein lautes „Ha!“ *Ergreift sie!*

Vom Ende des Ganges her kommt ein Trupp Soldaten auf uns zu. Wir rennen in die andere Richtung. Doch bevor wir den Fluchttunnel erreichen, schneidet uns von der anderen Seite weitere Bewaffnete den Weg ab. Anscheinend haben sie doch Spitzhacken. Jedenfalls sitzen wir wieder mal in der Falle.

„Ha!“, ruft einer der Soldaten. *Ergebt euch, oder ihr seid des Todes!*

„Jetzt bin ich gespannt!“, kommentiert Platon.

Ich errichte blitzschnell zwei Mauern. Das verschafft uns etwas Zeit.

„Du hast mich also aus meiner Gefängniszelle befreit, um mich in einer anderen Zelle einzumauern!“, meckert der Philosoph.

Statt darauf einzugehen, hacke ich auf den Steinblock im Boden vor mir. „Wir graben uns einen Fluchttunnel.“

„Nach unten?“, fragt Platon skeptisch.

„Erst mal, dann sehen wir weiter.“ Ich vermute, dass sich die Nachricht vom Ausbruch aus dem Gefängnis rasch verbreitet und es im Palast und auf den Straßen darum herum von Patrouillen nur so wimmelt. Flucht nach oben erscheint mir deshalb keine gute Idee.

Das Loch im Boden ist erst drei Blöcke tief, als einer der Steinwürfel der Mauer, die ich im Gang errichtet habe, verschwindet und dahinter der Kopf eines Soldaten erscheint.

„Ha!“, ruft er. *Sie graben sich nach unten durch! Wir brauchen mehr Spitzhacken!*

Jetzt heißt es Beeilung! Ich springe in das Loch. „Los, komm!“, rufe ich. „Wir haben keine Zeit zu verlieren!“

Platon folgt mir. Von oben ertönen die aufgeregten Rufe der Soldaten, während ich das Loch über uns mit einem Steinblock verschließe. Es wird stockdunkel. Zu zweit ist es hier drin so eng, dass ich nicht einmal eine Fackel an der Wand befestigen kann.

Bei meiner ersten Wanderung durch die Würfelwelt habe ich den Fehler gemacht, einen Tunnel senkrecht nach unten zu buddeln, und bin in eine Höhle gestürzt. Damals habe ich mir geschworen, das nie wieder zu tun. Doch jetzt ist keine Zeit für Vorsicht. Wir müssen uns beeilen, wenn wir den Soldaten entkommen wollen. Also beschließe ich, noch fünf Blöcke senkrecht in die Tiefe zu graben und dann einen Tunnel in Richtung Freiheit zu buddeln. Das Risiko, dass dabei etwas schief geht, erscheint mir gering.

„Ich hoffe, du weißt, was du tust!“, sagt Platon, als ich den Block unter uns entferne und wir beide gleichzeitig abrupt absacken.

„Keine Sorge, ich mache das nicht zum ersten Mal", sage ich und platziere den Block über uns, um den Soldaten die Verfolgung zu erschweren.

„Warum beruhigt mich das jetzt nicht?", fragt Platon.

Ohne darauf einzugehen, entferne ich einen weiteren Block unter uns und füge ihn oben wieder ein, dann noch einen und noch einen. Als ich den fünften und letzten Block entferne, sehe ich plötzlich unter mir rötliches Licht. Oh, oh!

Mit einem langgezogenen „Waaaaah!" stürzen wir beide in die Tiefe.

22.

„So eine verdammte Sauerei!", schimpft Dr. Johannsen. „Das darf doch nicht wahr sein! Wie konnten Sie ein Mädchen entkommen lassen, das noch dazu mit Drogen vollgepumpt war, Sie Schwachkopf?"

Elfie möchte sich am liebsten in ihr Zimmer verdrücken und sich unter der Bettdecke verkriechen, so sehr verängstigt sie das wütende Gebrüll des Klinikleiters. Zusammen mit Sir William, Ismalda und einigen anderen Patienten steht sie zusammengedrängt in einer Ecke des verwüsteten Aufenthaltsraums, bewacht von zwei Pflegern. Einer der beiden hat ein blaues Auge, der andere zerzaustes Haar und einen zerrissenen Kittel. Sie blicken finster drein, als warteten sie nur darauf, dass einer der Patienten einen Mucks macht, damit sie einen Vorwand haben, ihre Wut an ihm auszulassen.

„Es tut mir leid, Dr. Johannsen", stammelt der Pfleger, der gerade angebrüllt wird. „Sie war sehr schnell, und dann ist sie in ein Haus geflüchtet. Ich konnte durch die Tür hören, wie sie mit den Bewohnern redet."

„Ach so. Warum haben Sie denen nicht gesagt, dass sie die Tür öffnen sollen?"

„Hab ich ja. Ich hab sogar behauptet, das Mädchen sei gemeingefährlich und schon zuvor zweimal ausgerissen. Aber sie haben mir nicht geglaubt."

„Aha. Dann hätten Sie eben überzeugender lügen müssen, Sie Idiot! Sie muss doch Halluzinationen gehabt haben, oder nicht?"

„Ja, sie hat den Hund der Hausbewohner für ein Krokodil gehalten. Das hat sie den Leuten auch gesagt."

„Und die haben ihr trotzdem geglaubt?"

„Ich vermute, sie haben ihr gerade deshalb geglaubt, weil sie zugegeben hat, dass sie Halluzinationen hat. Ein cleveres Biest ist sie, das muss man ihr lassen. Sie hat die Hausbewohner gebeten, eine Frau Leyenbrink anzurufen."

„Markos Mutter? So ein blöder Mist! Dann werden die Bullen bald hier sein!"

„Die ... die Polizei? Sie meinen doch nicht, dass wir ... ich meine, wir haben doch nichts Ungesetzliches getan, oder?"

„Bin ich denn nur von Schwachköpfen umgeben? Natürlich haben wir etwas Ungesetzliches getan, sie hirnamputierter Pavian! Oder glauben Sie etwa, die Drogen, die wir den Patienten gegeben haben, sind alle zugelassen? Was denken Sie, warum Sie so ein großzügiges Gehalt bekommen? Wenn sich alle Psychiater immer nur an die Gesetze hielten, kämen wir bei der Behandlung von Geisteskrankheiten doch niemals voran!"

„Aber ... ich wusste nicht ... das hätte ich doch nie ..."

„Aha. Ach so. Jetzt kommen Sie mir bloß nicht mit Moral! Dafür ist es längst zu spät. Wir alle gehen zusammen ins Gefängnis, es sei denn, es gelingt uns, diesen Schlamassel wieder in Ordnung zu bringen!"

„Aber wie sollen wir das machen?"

„Wenn wir befragt werden, erzählen wir alle dieselbe Geschichte: Es gab einen Patientenaufstand. Einigen Patienten ist es gelungen, Spritzen mit Psychopharmaka zu erbeuten. Damit haben sie einen Teil der Pfleger außer Gefecht gesetzt. Amelie Schiller wurde von einem der Patienten attackiert und erhielt eine Injektion eines Medikaments, das Wahrnehmungsverzerrungen auslöst und die Erinnerungen verändert. Deshalb weiß sie nichts mehr von dem Angriff und glaubt, die Ereignisse seien ganz anders abgelaufen. Wenn wir alle diese Geschichte erzählen, steht ihre Aussage gegen unsere. Man wird uns glauben."

„Was ist mit den Patienten?" Der Pfleger deutet auf Elfie und die anderen.

„Das sind Irre, deren Aussage hat keinerlei Gewicht."

„Und Ralf?"

„Um den kümmere ich mich. Jetzt schläft er ja erst mal. Wir werden sagen, dass auch er von einem der Patienten eine Spritze bekommen hat, so wie Bertram und Christa. Vertrauen Sie mir, ich weiß, wie man mit den Behörden umgeht. Es wird alles gut."

„Was ist mit dem Jungen? Sie wollen ihn doch nicht etwa ...?"

„Nein, ihn jetzt zu beseitigen würde nur Verdacht erregen. Er wird schon nicht so schnell wieder aufwachen. Ich denke, die Dosis, die wir ihm verabreicht haben, reicht für bleibende Schäden an seinem Gehirn. Und wenn nicht, dann spritze ich ihm noch was. Aber nicht jetzt, das wäre zu offensichtlich."

Elfie hat kaum etwas von dem verstanden, was der Pfleger und Dr. Johannsen gesagt haben, aber sie begreift, dass sie etwas ungeheuer Gemeines vorhaben. Hilfesuchend blickt sie die anderen an.

„Wir sind verraten worden!", jammert Sir William. „Dr. Johannsen ein Doppelagent - wie hätte ich das ahnen können? Ich habe versagt! Ich habe meiner Königin und dem Vaterland einen schlechten Dienst erwiesen! Ich werde unehrenhaft aus dem Geheimdienst entlassen! Oh, welche Schande!"

„Schnauze!", sagt einer der Pfleger.

„Das wird böse enden!", murmelt Sir William.

Das macht Elfie Angst. „Kannst du sehen, ob es gut ausgeht?“, fragt sie Ismalda.

„Natürlich“, sagt die Prophetin.

„Und? Geht es gut aus?“, fragt Elfie ungeduldig.

„Das kann ich dir leider nicht sagen.“

„Warum nicht?“

„Weil der Leser schon wieder in deinem Kopf ist.“

Elfie erschrickt. Dieser Leser nervt wirklich! Und irgendwie ist es auch ein bisschen unheimlich, dass jemand in ihrem Kopf ist, ohne dass sie davon etwas merkt. „Aber ... aber ich mache doch gar nichts Interessantes!“

Ismalda lächelt. „Warte nur noch einen Augenblick, dann ist er verschwunden und ich erzähle dir, wie es endet.“

23.

Platsch. Wasser schließt sich über mir. Wie ein Stein sinke ich in die Tiefe, während meine Brust vom Druck zusammengepresst wird. Das Gefühl, nicht mehr atmen zu können, ist so real, dass ich sicher bin, auch in der wirklichen Welt keine Luft zu bekommen. Erst nach einer Sekunde oder so komme ich auf die Idee, mit den Armen zu rudern. Zum Glück kann man in Minecraft auch in voller Rüstung und mit mehreren Dutzend Steinblöcken im Gepäck schwimmen, so dass ich keine Schwierigkeiten habe, an die Oberfläche zu strampeln.

Als mein Kopf endlich die Wasseroberfläche durchbricht, sehe ich mich staunend um. Ich befinde mich in einem unterirdischen See in einer riesigen Höhle. Die Decke ist mindestens zwanzig Blöcke über mir, die nächste Wand wahrscheinlich fünfzig Blöcke entfernt. Das rötliche Glühen, das die Höhle erhellt, kommt von einer Insel in der Mitte des Sees. Dort ragt inmitten eines Lavabeckens eine dunkle, pyramidenförmige Steinkonstruktion auf. Ein alter, versunkener Tempel? Genau hier unter dem Palast?

Neben mir taucht Platon prustend aus dem Wasser auf.

„Wenn dies dein Fluchtplan war, hättest du mich durchaus vorher einweihen können!"

„Ja, äh … ich hatte keine Zeit. Die Soldaten waren hinter uns her."

„Ich verstehe. Und wie geht es jetzt weiter?"

„Ich denke, wir sollten uns diese Pyramide dort näher ansehen." Ich schwimme auf die Insel zu.

„Ich nehme an, du willst damit sagen: ‚Ich habe keine Ahnung, was wir machen sollen, also probiere ich aufs Geratewohl das Nächstbeste aus, das mir einfällt.'"

„Wenn du meinst." Mit einem altgriechischen Meisterphilosophen zu diskutieren hat wenig Sinn, besonders, wenn er recht hat.

„Nun gut, ich gestehe dir zu, dass du Mut hast und es dir gelungen ist, mich aus meiner Zelle zu befreien, wenngleich ich das fast mit dem Leben bezahlt hätte. Also werde ich dir fürs Erste folgen."

Er schwimmt mir nach. Die Insel misst fünfzehn Blöcke im Quadrat und besteht aus Bedrock, genau wie die fünf Blöcke hohe Pyramidenstruktur in ihrer Mitte. Darum herum verläuft ein zwei Blöcke breiter Lavagraben, die einzige Lichtquelle. Der Rand der Insel, auf dem wir jetzt stehen, ist nur einen Block breit.

„Und jetzt?", fragt Platon. „Du verlangst doch nicht etwa, dass ich aus dem Stand über diesen Feuergraben springe?"

Statt zu antworten fülle ich einen Eimer mit Wasser und kippe ihn auf die Lava vor mir, die augenblicklich zu Obsidian erkaltet, so dass wir den Lavagraben mühelos überqueren können. Nun stehen wir am Fuß der Pyramide. Ich klettere auf ihren untersten Block und umrunde die Konstruktion einmal, dann steige ich auf ihre Spitze. Doch nirgendwo ist eine Öffnung erkennbar.

„Und jetzt?", fragt Platon.

„Wir müssen da rein!", entscheide ich.

„Und woraus folgerst du das?"

„Daraus, dass es schwierig ist."

„Aber wir sind nicht mehr in jener Rätselwelt, wenn ich dich daran erinnern darf. In dieser Welt, die du mit Hilfe der Allmacht eines Zauberamuletts geschaffen hast, gelten offensichtlich andere Gesetze. Hier herrscht ein finsterer Tyrann, entstanden durch die Macht, die du unklugerweise entfesselt hast. Ihn gilt es zu besiegen. Das Finden von unterirdischen Schätzen müssen wir auf später verschieben."

„Wir sind immer noch in meinem Kopf", entgegne ich. „Dies hier ist keine Konstruktion, die im regulären Computerspiel vorkommt. Dort gibt es zwar auch versunkene Tempel, aber die sehen anders aus. Was mir mein Unterbewusstsein mit dieser Pyramide sagen will, weiß ich nicht. Aber es ist bestimmt kein Zufall, dass sie genau unter dem Palast meines bösen Doppelgängers liegt. Mein Gefühl sagt mir, dass wir das Rätsel dieses Bauwerks lösen müssen, bevor wir den König stürzen können."

„Und Gefühle sind ja bekanntlich die besten Ratgeber", kommentiert Platon seufzend.

„Manchmal schon", beharre ich.

„Nun gut. Wenn mich meine Sinne nicht täuschen, dann handelt es sich bei diesem dunklen Gestein um dasselbe Material, aus dem unsere Gefängniszellen gebaut waren, und das du als unzerstörbar bezeichnet hast. Wie also willst du es durchdringen?"

„Indem wir den Eingang finden."

„Und wo soll hier ein Eingang sein? Wir haben die Pyramide bereits umrundet. Ein Steinblock gleicht dem anderen. Von einem Eingang ist nichts zu sehen."

„Dies ist vielleicht nur die Spitze des Eisbergs."

„Welches Eisbergs?"

„Das war bildlich gesprochen. Bei Eisbergen ragt nur ein kleiner Teil aus dem Wasser, ein Siebtel glaube ich. Den Rest sieht man nicht auf den ersten Blick, weshalb schon viele Schiffe die Gefahr unterschätzt haben."

„Du glaubst, wir unterschätzen die Gefahr, die von diesem Gebilde ausgeht?"

„Ich glaube, wir sehen nur die Spitze der Pyramide. Wenn ich recht habe, dann setzt sie sich unter Wasser fort. Irgendwo weiter unten muss es einen Eingang geben."

„Also tauchen wir?"

„Also tauchen wir!"

Bald stellt sich heraus, dass ich recht hatte: Die pyramidenförmige Struktur setzt sich unter Wasser fort. Doch leider ist der See sehr tief und dunkel, so dass wir nicht einmal erkennen können, wie tief die Pyramide herabreicht, geschweige denn einen Eingang finden.

Nachdem ich ein paar Dutzend Mal getaucht bin, ist mir klar, dass wir so nicht weiterkommen. Doch als ich das Platon mitteilen will, kann ich den Philosophen nirgends sehen. Ich paddele eine Weile an der Oberfläche herum, doch er taucht nicht auf. Er wird doch nicht zu lange unter Wasser geblieben und ertrunken sein? Die Vorstellung, hier unten ganz allein zu sein, erschreckt mich.

„Platon?", rufe ich.

„Ich bin hier!", schallt es vom Rand der Höhle zurück.

Ich schwimme zu ihm. Um den See herum verläuft ein zwischen fünf und zehn Blöcken breites, unregelmäßiges Ufer aus gewöhnlichem Stein. Platon steht an der Höhlenwand, die dahinter aufragt.

„Was machst du da?", frage ich ihn.

„Ich suche nach einem Weg in die Pyramide."

„Aber die ist da drüben im See!"

„Das ist mir nicht entgangen."

„Und warum stehst du dann hier an der Wand?"

„Es erscheint mir offensichtlich, dass es keinen direkten Weg gibt, in die Pyramide einzudringen. Das lässt zwei Möglichkeiten offen: Entweder gibt es überhaupt keinen Zugang, oder dieser lässt sich nur auf indirektem Wege erreichen. Zum Beispiel über einen geheimen Gang oder durch einen verborgenen Mechanismus, der eine Tür öffnet. Danach suche ich."

„Gute Idee. Ich helfe dir." Ich befestige in regelmäßigen Abständen Fackeln an den Wänden, so dass die Höhle bald in behaglichem Licht glänzt. Doch einen verborgenen Gang finden wir nicht.

„Da oben!", ruft Platon plötzlich.

Er zeigt an eine Stelle der Höhlenwand, etwa zehn Blöcke über uns. Dort sind im schwachen Licht der Fackeln sechs Schrifttafeln erkennbar, die in einer Reihe angebracht sind. Ich kann von unten nicht lesen, was darauf steht, doch eine Treppe nach oben ist schnell gebaut. Als wir die Schilder erreichen, wird sichtbar, dass unter jedem ein Knopf angebracht ist. Doch die Beschriftung der Schilder bleibt rätselhaft, denn auf jedem steht derselbe kurze Text: *Ha, Ha, Ha, Ha, Ha, Ha.*

„Ist dies ein Scherz?", fragt Platon.

„Das glaube ich nicht", sage ich nach einigem Grübeln.

„Was haben die Schilder dann zu bedeuten?"

„Wie du weißt, drücken sich die Knollnasen mit kurzen Lauten aus, die immer gleich klingen, aber trotzdem jedes Mal etwas anderes bedeuten. Ich kann sie nur verstehen, weil in der Luft über ihnen Worte erscheinen, wenn sie sprechen. Vermutlich ist das hier ihre Schriftsprache."

„Und siehst du auch die Bedeutung dieser Worte?"

„Leider nicht."

„Also bleibt uns nur, auszuprobieren, was geschieht, wenn wir auf die Knöpfe drücken."

„Ich bin nicht sicher, ob wir das tun sollten. Es könnte sich um die Auslöser von Fallen handeln."

„Also willst du lieber hier herumsitzen und abwarten? Oder deinen Plan aufgeben, in die Pyramide einzudringen?“

Ich seufze. „Du hast recht, wir müssen es ausprobieren. Vorher habe ich aber noch eine Frage: Bist du jemals gestorben?“

„Gestorben? Natürlich bin ich das! Wie sonst hätte ich in diese Welt der abstrakten Formen gelangen können?“

„Ich meinte, hier in dieser Welt.“

„Nein. Sonst stünde ich wohl nicht hier.“

„Schade.“

„Du findest das schade? Warum hast du mich dann aus dem Gefängnis befreit?“

„So meinte ich das nicht. Aber wenn du schon einmal getötet worden wärst, dann wüsste ich, dass du danach wieder neu spawnst, so wie ein richtiger Spieler.“

„Das muss ich jetzt nicht verstehen, oder?“

„Nein, schon gut. Also, halt dir sicherheitshalber die Ohren zu.“

„Ich habe keine Ohren.“

Ich ignoriere den Einwand und drücke den ersten Knopf. Ein knisterndes Geräusch ertönt. Licht flammt auf, flackert kurz und beleuchtet dann die Höhle taghell. An der Höhlendecke sind nun hunderte von Glowstone-Blöcken erkennbar wie Neonleuchten in einem Klassenraum.

„Wow!“, rufe ich aus und drücke den ersten Knopf erneut, doch nichts geschieht. Der zweite Knopf dagegen lässt das Licht wieder erlöschen. Als ich den ersten Knopf ein weiteres Mal drücke, geht es wieder an. Ich probiere es ein paar Mal aus, um ganz sicher zu gehen.

„Würdest du freundlicherweise aufhören, an diesen Schaltern zu spielen? Ich bekomme von dem Geflacker Kopfschmerzen!“, behauptet Platon.

„Entschuldige.“ Ich lasse das Licht eingeschaltet und drücke den dritten Kopf. Ein lautes Rauschen erklingt, und aus einem Dutzend Löchern in der Höhlendecke ergießen sich Wasserfälle in den See. Der vierte Knopf schließt offensichtlich irgendwelche Luken in der Decke, so dass die Wassersäulen wieder verschwinden.

Als ich den fünften Knopf drücke, ertönt ein Geräusch, das einer Klospülung verdächtig ähnelt und nach kurzer Zeit in ein kontinuierliches dumpfes Gluckern übergeht. Doch ansonsten scheint nichts zu geschehen. Der sechste Knopf lässt das Gluckern verstummen.

„Drück den Knopf noch einmal!“, sagt Platon.

„Welchen?“

„Den mit der Aufschrift *Ha*.“

„Sehr witzig!“

„Ich meine den Fünften.“

Ich folge der Aufforderung. Erneut erklingt das Klospülungsgeräusch, gefolgt von dem Gluckern. Als ich es wieder ausschalten will, sagt Platon: „Nein, warte noch!“

„Worauf?“

„Sieh doch, der See!“

Das Seeufer wird allmählich breiter, und in der Nähe der Pyramide ist eine Art Strudel entstanden. Das Wasser läuft ab! Jetzt begreife ich auch den Sinn der anderen Knöpfe: Mit dem dritten und vierten Schalter regelt man den Zulauf, mit dem fünften und sechsten den Abfluss des Sees, den man auf diese Weise trocken legen und wieder auffüllen kann wie eine Badewanne.

Wir warten, bis der See vollständig leer ist. Erst jetzt wird das enorme Ausmaß der Pyramide erkennbar, die mindestens fünfzehn Blöcke hoch und an ihrer Basis dreißig Blöcke breit sein muss. Wir klettern hinab auf den

Grund des Seebodens und umrunden das Bauwerk, doch ein Eingang ist immer noch nicht erkennbar.

„Vielleicht liegt der Eingang unterhalb des Seegrunds", spekuliere ich.

„Moment", sagt Platon. „Diese Steine dort scheinen mir etwas anders auszusehen als die übrigen."

Er hat recht: Einige der Blöcke in der Mitte der unteren beiden Pyramidenstufen sind dunkler als die übrigen. Sie bestehen nicht aus Bedrock, sondern aus Obsidian, dem härtesten zerstörbaren Material in Minecraft. Ich bearbeite es mit meiner Diamantspitzhacke und schaffe es mit einiger Anstrengung, einen zwei Blöcke hohen Gang in die Basis der Pyramide zu schlagen. Nach vier Blöcken Länge halte ich inne. Vor mir erklingt das unverkennbare Knochengeklapper von Skeletten.

24.

Es klingelt an der Haustür. Herr Riebel, der Amelie vor ungefähr einer Stunde in sein Haus gelassen und sie so vor dem Pfleger beschützt hat, öffnet die Tür. Amelie hält den Atem an. Sie hat Angst, dass es Dr. Johannsen ist, der den Riebels eine raffinierte Lügengeschichte erzählen und sie dazu bringen wird, sie aus dem Haus zu schicken. Umso erleichterter ist sie, als sie die Stimme an der Tür erkennt.

„Ich bin Anne Leyenbrink. Wir haben vorhin telefoniert."

„Gut, dass Sie gekommen sind. Hans Riebel. Kommen Sie doch bitte ..."

Bevor er den Satz vollenden kann, ist Amelie schon an der Haustür. Sie umarmt Markos Mutter. „Ich bin Ihnen so dankbar, dass Sie gekommen sind!"

„Und ich bin dir dankbar, dass du so mutig warst und in die Klinik eingedrungen bist!", erwidert Frau Leyenbrink. „Ich hatte ja keine Ahnung, was für ein Schuft dieser Dr. Johannsen ist!"

„Ich fürchte, er wird alles abstreiten", sagt Amelie.

„Wir werden sehen. Jetzt lass uns zur Klinik fahren und Marko aus den Händen dieses Scharlatans befreien!"

„Und wenn er sich weigert?"

„Ich bin nicht allein gekommen. Deshalb hat es ein bisschen gedauert." Erst jetzt sieht Amelie ein Polizeifahrzeug und einen Krankenwagen, die am Straßenrand warten.

Ein Polizist in Uniform steigt aus dem Streifenwagen und öffnet Amelie und Markos Mutter die Tür. Sie fahren gemeinsam das kurze Stück bis zur Klinik. Obwohl sie nun in Begleitung von zwei Polizisten, zwei Notärzten und Markos Mutter ist, hat Amelie weiche Knie, als sie über den

Parkplatz des Klinikgeländes gehen. Die Eingangstür ist verschlossen. Einer der Polizisten klingelt, doch niemand öffnet. Amelies Herz schlägt vor Aufregung. Was, wenn Dr. Johannsen geflohen ist? Wenn er Marko als Geisel genommen hat?

Der Polizist drückt erneut den Klingelknopf, ohne Reaktion.

„Sollen wir die Tür aufbrechen?", fragt er seinen Kollegen.

„Warte noch einen Moment!"

Tatsächlich geht nach einer Minute das Licht im Empfangsraum an und Dr. Johannsen erscheint.

„Amelie!", ruft er aus, nachdem er die Tür geöffnet hat. „Gut, dass du wieder da bist! Wie geht es dir?"

„Wo ist mein Sohn?", fragt Markos Mutter. Ihre Stimme zittert vor Wut.

„Im Krankenzimmer", sagt der Psychiater. „Er hatte leider einen Rückfall. Wir haben ..."

„Ich will zu ihm, sofort!"

„Aha. Ach so. Gut, kommen Sie." Dr. Johannsen führt sie durch den Patiententrakt in das Krankenzimmer. Marko liegt immer noch im Krankenbett und scheint friedlich zu schlummern. Die medizinischen Apparate neben ihm piepen regelmäßig.

Einer der Notärzte beugt sich über Marko, leuchtet mit einer kleinen Taschenlampe in seine Augen. „Was haben Sie ihm gegeben?", fragt er.

„Nichts", erwidert Dr. Johannsen. „Er war bereits auf dem Weg der Besserung, doch er erlitt einen Zusammenbruch. Wahrscheinlich ist sein Gehirn bei dem ersten Koma beschädigt worden."

„Sie Lügner!", ruft Amelie aus. „Sie haben ihm irgendetwas gespritzt, um ihn ins Koma zu schicken. Genau wie mir!"

„Ach so. Du irrst dich, Amelie", sagt Dr. Johannsen ruhig. „Wir hatten hier ein paar … Probleme mit Patienten, die außer Kontrolle gerieten. Einigen ist es gelungen, starke Psychopharmaka zu stehlen. Sie haben mehreren meiner Mitarbeiter Injektionen verabreicht, und leider auch Amelie. Es handelt sich um Halluzinogene, die auch die Erinnerungen verändern können. Du weißt wahrscheinlich nicht mehr genau, was wirklich geschehen ist."

„Was für Psychopharmaka waren das?", fragt der Notarzt.

„Glanotrizyklin", antwortet Dr. Johannsen.

„Glanotrizyklin? Das kenne ich nicht."

„Ach so. Es ist ein sehr starkes Antidepressivum. Wir verabreichen es auch nur, wenn es keine Alternative gibt. Aber einer der aufsässigen Patienten hat den Schlüssel zum Medikamentenschrank gestohlen und mehrere hochdosierte Spritzen erbeutet. Sie ahnen ja nicht, was hier los war. Zwei meiner Pfleger sind immer noch bewusstlos."

„Denken Sie auch, dass dieses Mittel Halluzinationen auslösen und die Erinnerungen verändern kann?", fragt einer der Polizisten.

Der Notarzt nickt. „Das wäre schon möglich."

„Er lügt!", ruft Amelie außer sich vor Wut. „Er und seine Pfleger spritzen dieses Zeug jedem, der nicht gehorcht. Eine Pflegerin hat mir eine Spritze gegeben, als ich nach Marko sehen wollte. Ich wurde in ein Zimmer mit gepolsterten Wänden gesperrt. Ich hatte Halluzinationen, das stimmt, aber meine Erinnerungen sind völlig in

Ordnung. Man hat mich gegen meinen Willen hier festgehalten. Es gab einen Patientenaufstand, deshalb konnte ich fliehen. Aber die Ursache sind nicht die Patienten, sondern dieser Arzt und seine Mitarbeiter!"

Dr. Johannsen lächelt milde. „Aha. Ach so. Aber das Mädchen irrt sich. Wie gesagt, Glanotrizyklin löst nicht nur Halluzinationen aus, sondern verändert auch die Erinnerungen." Seine Augen bohren sich in Amelies. „Stimmt es, dass du den Hund der Familie, zu der du geflohen hast, für ein Krokodil gehalten hast?"

Woher weiß er das? „Ja, schon, aber ..."

„Aha. Sehen Sie, es ist, wie ich sagte. Amelie wurde Opfer eines bedauerlichen Zwischenfalls, für den meine Klinik selbstverständlich die Haftung übernehmen wird. Es wäre am besten, wenn sie noch ein paar Tage zur Beobachtung hier bleibt. Sie können im Übrigen jeden meiner Mitarbeiter befragen. Sie alle werden Ihnen meine Aussage bestätigen."

„Nein!", ruft Amelie aus. Tränen treten in ihre Augen. „Bitte nicht! Ich will nicht hierbleiben!"

„Keine Angst", sagt Markos Mutter. „Ich lasse dich nicht hier, und meinen Sohn auch nicht. Dieser Scharlatan hat ihn mit seinen Pillen krankgemacht. Marko wird keine Minute länger in dieser Klinik bleiben!"

„Ach so. Aber ich fürchte, das kann ich nicht zulassen. Markos Zustand ist stabil, aber sehr ernst. Er ist nicht transportfähig."

„Ihn im Koma zu transportieren, ist in der Tat riskant", bestätigt der Notarzt.

„Bitte, Frau Leyenbrink!", fleht Amelie. „Sie dürfen ihm nicht glauben. Er wird Marko umbringen!"

Markos Mutter nickt. „In dieser Klinik geht es nicht mit rechten Dingen zu, so viel ist klar! Ich nehme das Risiko eines Transports in Kauf. Und Sie werde ich wegen schwerer Körperverletzung anzeigen!"

Dr. Johannsen wird bleich. Seine Augen verengen sich. „Aha. Sie beschuldigen mich, einen Patienten absichtlich geschädigt zu haben? Warum hätte ich das tun sollen?"

„Weil Sie mit meinem Stiefvater unter einer Decke stecken!", ruft Amelie.

Der Psychiater zuckt zusammen. Für einen Moment zeigt sich nackte Panik in seinen Augen, und Amelie weiß, dass sie ins Schwarze getroffen hat. Doch er findet rasch seine Fassung wieder.

„Ach so. Aber das ist absurd! Merken Sie nicht, dass Amelie paranoid ist? Das ist leider auch eine Nebenwirkung des Mittels, das ihr der Patient gespritzt hat. Ich fürchte, ihre Aussage ist wertlos."

„Wir werden sehen, wessen Aussage vor Gericht mehr wert ist", sagt Frau Leyenbrink. „Aber erst einmal müssen wir meinem Sohn helfen. Bitte bringen Sie ihn jetzt ins städtische Krankenhaus!"

„Tun Sie das nicht, Herr Kollege!", sagt Dr. Johannsen, an den Notarzt gerichtet. „Sie dürfen nicht das Leben des Jungen riskieren, bloß weil seine Mutter hysterisch ist!"

„Hysterisch? Ich? Das ist ja wohl die Höhe!", ruft Markos Mutter.

Der Notarzt blickt zwischen ihr und dem Psychiater hin und her. „Angesichts der Umstände erscheint es mir am sinnvollsten, den Jungen zunächst hier zu lassen. Ich kann keine konkreten Hinweise für ein Fehlverhalten des Kollegen erkennen. Wenn das Mädchen eine hohe Dosis eines Halluzinogens erhalten hat, ist es möglich, dass sie sich an Dinge erinnert, die nicht passiert sind. Deshalb scheint es mir geboten, sich auf die Fakten zu beschränken. Und denen nach zu urteilen ist der Junge hier in guten Händen."

Frau Leyenbrink wendet sich an die Polizisten. „Aber ich bin seine Mutter!", ruft sie aus. „Ich verlange, dass mein Sohn in ein anderes Krankenhaus gebracht wird!"

„Ich fürchte, solange wir keine konkreten Anhaltspunkte für eine Straftat haben, können wir nicht gegen den ärztlichen Rat handeln", erwidert einer der Beamten. „Das Leben und die Gesundheit des Jungen haben Vorrang vor Ihrem Sorgerecht als seine Mutter."

Amelie bricht in Tränen aus. „Das ... das können Sie doch nicht zulassen!", schluchzt sie. „Es gab bereits einen Mordversuch an Marko. Wenn er hier bleibt, wird er sterben!"

Der Polizist zuckt hilflos mit den Schultern. „Es tut mir leid, aber zwei Ärzte sagen unabhängig voneinander, dass das Risiko, ihn zu transportieren, zu groß ist. Da können wir nichts machen."

25.

„Es gibt Ärger!“, verkünde ich, während ich meine Lederkleidung gegen die Diamantrüstung tausche.

„Na, so eine Überraschung!“, kommentiert Platon trocken.

„Du brauchst bessere Ausrüstung.“ Ich crafte ihm rasch eine Rüstung und ein Schwert aus Eisen. „Diamanten hab ich leider nicht mehr.“

„Es wird genügen.“

„Hoffen wir's!“

Hinter den Obsidianblöcken kommt ein Raum zum Vorschein, der von einem brennenden Käfig erhellt wird. Die Frage, welche Sorte Monster hier spawnt, wird durch drei Witherskelette beantwortet, die sofort auf mich losgehen.

Wir können sie relativ leicht bekämpfen, solange wir in dem Gang bleiben, den ich gegraben habe, denn die dunkelgrauen Skelette sind zu groß, um ihn zu betreten, so dass wir eines nach dem anderen angreifen können. Doch kaum haben Platon und ich eines der Monster erledigt, spawnt auch schon das nächste.

„Wir müssen in den Raum hinein und den Spawner deaktivieren“, rufe ich „Gib mir Rückendeckung!“

Nachdem ein weiterer Gegner gefallen ist, dränge ich vorwärts. Während ich Fackeln auf und neben dem Käfig platziere, wehrt sich Platon so gut es geht gegen drei Monster gleichzeitig.

„Statt den Raum zu dekorieren, könntest Du mir ruhig helfen!“, ruft er.

„Moment noch“, erwidere ich. „Bin gleich so weit.“

Ich platziere eine fünfte Fackel und stürze mich auf das nächste Skelett. Die Biester sind zäh und kräftig! Ich kassiere zwei Treffer, bevor wir das Letzte von ihnen zurück ins Jenseits befördern können.

Mir ist übel und schwindelig. Platon liegt schwer atmend am Boden. Der Wither-Effekt! Wenn ich nicht schnell etwas unternehme, werden wir vielleicht beide daran sterben. Leider habe ich nur einen Heiltrank dabei. Ich gebe ihn dem Philosophen.

„Hier, trink das!"

Er leert das Glasfläschchen in einem Zug. Augenblicklich geht es ihm besser. Ich dagegen würde mich am liebsten übergeben. Ich habe das Gefühl, dass der Boden unter mir schwankt.

„Wenn ich ... sterbe ... dann warte hier. Ich komme ... wieder ...", röchele ich. Doch bevor die letzte Lebensenergie aus meinem Kastenkörper rinnt, lässt die Wirkung des Wither-Effekts nach. Allmählich fühle ich mich besser.

„Danke, mein Freund! Das war ein harter Kampf!"

„Das kann man wohl sagen! Aber das war wohl erst der Anfang."

„Wahrscheinlich hast du recht. Hinter der Tür dort lauern bestimmt weitere Gefahren." Er deutet auf eine doppelflügelige Eisentür am anderen Ende des Raums. An der Wand daneben ist ein Druckknopf angebracht.

„Sei mal einen Moment ruhig", sage ich und lausche. Es sind keine Monster zu hören, stattdessen eine Art elektrisches Brummen wie von einem riesigen Transformator.

„Was auch immer es ist, die Skelette waren wohl nur das Empfangskomitee."

„Ich hoffe, du hast noch mehr von den Wundertränken", sagt Platon.

„Leider nicht."

Platon geht auf die Tür zu und streckt die Hand nach dem Druckknopf aus.

„Halt, warte!", rufe ich.

„Was ist? Du wirst doch jetzt nicht vor dem zurückschrecken, was hinter der Tür liegt?"

„Nein. Aber der Knopf ist mir ein bisschen zu offensichtlich. Er könnte eine Falle auslösen."

Ich zerstöre die Metalltür mit meiner Spitzhacke. Dahinter öffnet sich ein dunkler Raum unbekannter Größe. Ich rechne damit, von einem Creeper oder einem anderen Mob attackiert zu werden, doch nichts dergleichen geschieht. Stattdessen wird nur das seltsame Brummen lauter.

„Das gefällt mir nicht!", kommentiert Platon.

„Mir auch nicht", stimme ich zu.

„Also hinein!"

Ich trete durch die Türöffnung in die Finsternis. In der Mitte des Raums, etwa zehn Blöcke von mir entfernt, glitzert etwas wie Sternenlicht auf einer schwarzen Flüssigkeit, durch die leichte Wellen laufen. Von dort kommt das elektrische Brummen. Ein Portal! Doch es ist keines, wie ich es jemals in Minecraft gesehen habe. Könnte dies der Ausgang aus der Würfelwelt sein?

Ich befestige eine Fackel an der Wand. Jetzt wird deutlich, dass der Raum fast das gesamte Innere der Pyramide ausfüllt. Das Portal steht auf einem schwarzen Podest. Wie hypnotisiert gehe ich darauf zu.

„Sei vorsichtig!", mahnt Platon. „Das sieht gefährlich aus!"

„Der Grieche hat recht!", erklingt eine Stimme. „Es ist gefährlich. Verdammt gefährlich sogar."

Ich bleibe abrupt stehen. Hinter dem Portal kommt eine Gestalt hervor. Sie sieht aus wie ich, komplett mit Diamantrüstung.

„Du!", stoße ich hervor.

„Ja, ich!", erwidert der selbsternannte König der Würfelwelt. „Ich habe gewusst, dass du herkommen würdest, auch wenn ich nicht gedacht hätte, dass du das Portal so schnell findest. Glückwunsch!"

„Ist es das, was ich denke?", frage ich.

Mein Ebenbild nickt. „Ja. Dieses Portal führt zurück in die Wirklichkeit. Du darfst auf keinen Fall dort hindurchgehen!"

„Aber ich kann nicht hier in der Würfelwelt bleiben. Ich muss aufwachen!"

„Musst du das?", fragt der König. „Warum denn? Hast du nicht immer davon geträumt, in einer Welt zu leben, in der nur deine Fantasie bestimmt, was möglich ist und was nicht? Was ist denn so toll an der Wirklichkeit? Du gehst zur Schule, machst eine Ausbildung, arbeitest dein Leben lang in irgendeinem langweiligen Job, gehst in Rente, stirbst. Wann immer du kannst, wirst du deine Freizeit vor dem Computer verbringen und vor der öden Realität in Fantasiewelten flüchten. Doch es wird nicht dasselbe sein wie das, was du hier erlebst. Du wirst nie wieder hierher zurückkehren können, wenn du das Portal erst einmal durchschritten hast. Die Welt, die du geschaffen hast, wird aufhören, zu existieren – und mit ihr alle ihre Bewohner."

„Höre nicht auf ihn", sagt Platon. „Er will nur seine eigene Macht erhalten!"

„Der Schlaumeier hat recht“, gibt mein Doppelgänger zu. „Ich will weiter existieren und König bleiben. Es ist das Beste, was mir je passiert ist! Wir beide könnten gemeinsam über die Würfelwelt herrschen. Wir könnten atemberaubende Bauwerke erschaffen. Wir wären reicher und mächtiger, als es je ein König gewesen ist! Was hat dir denn die Wirklichkeit zu bieten, das besser wäre als das?“

Ich höre ihm kaum zu. Wie gebannt starre ich auf die wabernde schwarze Fläche. Ich glaube, darin Schatten zu erkennen.

„Amelie!“, rufe ich.

Der König lacht trocken. „Na klar, Amelie! Für sie würdest du all das hier aufgeben, nicht wahr? Glaubst du wirklich, sie liebt dich? Hast du immer noch nicht begriffen, dass es bloß Dankbarkeit war, die sie dazu gebracht hat, nett zu dir zu sein? Wer will schon einen Loser wie dich? Das ist es nämlich, was du in der Wirklichkeit bist: ein Loser! Hier dagegen kannst du ein Held sein! Du weißt, dass ich recht habe, nicht wahr?“

„Marko!“ Das war Amelies Stimme. Sie erklingt aus dem Portal und gleichzeitig von allen Richtungen gleichzeitig. Sie ist hier!

Ich will erneut ihren Namen rufen, doch meine Kehle ist wie zugeschnürt. Ich drehe mich zu Platon um und werfe ihm einen letzten Blick zu. Ich weiß, dass ich ihn nie wieder sehen werde, und er weiß, dass seine Existenz beendet ist, wenn ich durch das Portal trete.

„Geh!“, fordert er mich auf. „Ich freue mich schon auf die nächste Welt, die hoffentlich noch abstrakter ist als diese. Wer weiß, vielleicht bin ich dort ein Quadrat, oder ein Dreieck, oder nur ein winziger Punkt.“

„Danke!“, bringe ich mühsam heraus, wende mich ab und gehe langsam auf das Tor zu.

„Du Idiot! Glaubst du wirklich, ich werde das zulassen?“, fragt der König. „Ich habe dir einen Platz neben mir angeboten, aber du hast ihn ausgeschlagen. Nun trage die Konsequenzen!“

„Versuch mich aufzuhalten!“ Ich ziehe mein Schwert.

„Nichts leichter als das!“, antwortet der König. Er tritt auf eine Druckplatte vor sich. Der Boden unter meinen Füßen löst sich auf, kurz bevor ich den Sockel des Portals erreiche. Hilflos mit den Armen rudernd stürze ich in die Dunkelheit.

26.

„Marko!“, ruft Amelie aus. Als sie sich über das Krankenbett beugt, spürt sie eine Hand auf ihrer Schulter. Es ist der Notarzt.

„Lass ihn“, sagt er sanft. „Du kannst ihm nicht helfen.“

„Aber er hat gesprochen!“, widerspricht sie. „Er hat meinen Namen gesagt!“

„Das kann nicht ...“, beginnt der Arzt, doch in diesem Moment bewegen sich Markos Lippen erneut. Es ist nur ein Flüstern, kaum wahrnehmbar, aber dennoch eindeutig ein Wort.

„Was hat er gesagt?“, fragt Frau Leyenbrink, die sich jetzt ebenfalls über ihn beugt.

„Danke, glaube ich“, erwidert Amelie.

„Danke? Wofür danke? Was soll das bedeuten?“

Während Amelie nur mit den Schultern zuckt, spricht Marko ein weiteres Mal. Die Worte sind diesmal kaum zu verstehen.

„Versuch doch, mich aufzuhalten“, wiederholt Markos Mutter. „Was meint er damit?“

„Er spricht im Schlaf“, sagt Dr. Johannsen. „Das ist ein gutes Zeichen. Er ist wahrscheinlich kurz davor, aufzuwachen. Wenn er jetzt allerdings transportiert wird, kann das unwiderrufliche Schäden verursachen.“

„Er hat recht“, stimmt der Notarzt zu. „Der Junge braucht jetzt Ruhe.“

„Marko!“, ruft Amelie verzweifelt. „Marko, wach auf!“ Sie rüttelt an seiner Schulter. Doch er liegt wieder nur reglos da wie zuvor.

„Weg da, Mädchen!“, sagt einer der Polizisten. „Du hast doch gehört, was die Ärzte gesagt haben. Er braucht Ruhe!“

„Lassen Sie mich los!“ Amelie wehrt sich, doch der Beamte ist viel zu kräftig für sie.

„Ich kann ihr eine Beruhigungsspritze geben“, schlägt Dr. Johannsen vor.

„Unterstehen Sie sich!“, sagt Frau Leyenbrink in drohendem Tonfall.

„Aha. Nun gut, wie Sie meinen. Aber es ist besser, wenn Sie jetzt gehen.“

„Ich denke gar nicht daran. Ich bleibe bei meinem Sohn!“

„Ich glaube wirklich, es wäre besser ...“, setzt der Arzt an. Doch eine Stimme unterbricht ihn, zaghaft und leise und doch entschlossen: „Dr. Johannsen lügt. Er ist an allem schuld!“

Verblüfft drehen sich alle um. In der Tür steht Elfie. Ihre Lippen zittern leicht.

„Was machst du hier?“, zischt Dr. Johannsen. „Warum bist du nicht auf deinem Zimmer?“

„Wer ist das?“, will einer der Polizisten wissen.

„Bloß eine unserer Patientinnen. Sie hält sich für ein Gespenst. Hören Sie nicht auf sie.“

Elfie schüttelt den Kopf. „Das ... das stimmt nicht!“, sagt sie und Tränen schießen aus ihren Augen. „Ich ... ich weiß, dass ich kein Gespenst bin!“

„Gespenst oder nicht, du gehst jetzt sofort in dein Zimmer, sonst gibt es nie wieder Nachtisch für dich!“, droht der Psychiater.

Elfie schüttelt den Kopf. Sie zeigt anklagend mit dem Finger auf den Klinikleiter. „Er ist an allem schuld“, wiederholt sie. „Er hat Marko Spritzen gegeben, damit er bewusstlos wird!"

Markos Mutter sieht aus, als wenn sie Dr. Johannsen mit bloßen Händen erwürgen wollte. „Sie ... Sie elender ...", keucht sie.

„Hören Sie nicht auf sie!", sagt der Psychiater. „Sie redet wirr. Sie leidet unter Halluzinationen, genau wie die anderen hier."

„Er hat auch Pfleger Ralf eine Spritze gegeben", sagt Elfie.

Dr. Johannsen verliert für einen Moment die Fassung.

„Du blöde ... geh jetzt endlich auf dein Zimmer, oder du kannst was erleben!"

„Wer ist Pfleger Ralf?", fragt der Polizist.

„Er hat mir geholfen, zu fliehen", sagt Amelie. „Dr. Johannsen hat ihn offenbar betäubt und hält ihn hier irgendwo fest. Bitte, Sie müssen mit ihm sprechen!"

„Wo ist er?", fragt der Beamte.

„Im Krankenhaus", sagt Dr. Johannsen. „Er wurde bei dem Aufstand von einem der Patienten attackiert und am Bein verletzt."

„Er lügt schon wieder!", sagt Elfie. „Ralf ist im Beruhigungszimmer!"

Der Polizist blickt Dr. Johannsen misstrauisch an. „Wo ist das?"

„Ich zeige es Ihnen!", sagt Amelie.

„Ich sage Ihnen, die Patientin redet Unsinn!", ruft der Psychiater, doch Amelie ignoriert ihn einfach und führt den Beamten den Korridor entlang zu dem Raum mit der Metalltür.

Als sie die Tür öffnet, schlägt ihr Kindersingen entgegen: „Guten Abend, gute Nacht, von Englein bewacht ...“

Ralf liegt auf den bunten Kissen. Amelie stürzt zu ihm und rüttelt an seiner Schulter, doch er rührt sich nicht. Sie tastet nach seinem Hals und spürt einen regelmäßigen Puls.

„Holen Sie den Notarzt!“, bittet sie den Polizisten. Der nickt und kehrt kurz darauf mit dem Arzt wieder zurück.

„Können Sie ihn wecken?“, fragt der Beamte.

„Ich kann's jedenfalls versuchen.“ Er kniet sich neben Ralf, tastet nach dem Puls, schiebt ein Augenlid hoch und leuchtet mit einer Taschenlampe hinein. Dann kramt er in seinem Arztkoffer nach einer Spritze und gibt dem Pfleger eine Injektion.

Kurz darauf stöhnt Ralf, dann schlägt er die Augen auf. „Was ... was ist passiert?“

„Das würde ich gern von Ihnen wissen“, sagt der Polizist.

Ralf setzt sich auf. „Amelie! Gott sei Dank! Wo ist Dr. Johannsen?“

„Mein Kollege passt auf ihn auf“, sagt der Polizist.

„Wir haben in dieser Klinik illegale Experimente mit nicht zugelassenen Drogen gemacht“, erklärt Ralf. „Ich war leider auch daran beteiligt. Aber damit ist jetzt Schluss! Ich werde vor Gericht aussagen und alles aufdecken!“

„Können Sie aufstehen?“, fragt der Polizist.

„Ich versuch's!“

Gestützt von dem Beamten und dem Notarzt wankt Ralf hinter Amelie zurück zum Krankenzimmer. Dort steht Dr. Johannsen mit dem Gesicht an die Wand gepresst, die Hände auf dem Rücken mit Handschellen gefesselt.

„Er hat versucht, zu fliehen", erklärt der zweite Polizist. „Zum Glück war die Patientin hier geistesgegenwärtig genug und hat ihm ein Bein gestellt, sonst hätte er es vielleicht geschafft."

Elfie strahlt vor Stolz.

„Sie sind vorläufig festgenommen", sagt der Beamte, der immer noch Ralf stützt. „Ihnen werden Freiheitsberaubung, gefährliche Körperverletzung und Verstoß gegen das Betäubungsmittelgesetz vorgeworfen. Sie haben das Recht, die Aussage zu verweigern. Sofern Sie davon keinen Gebrauch machen, kann alles, was Sie sagen, vor Gericht gegen Sie verwendet werden."

„Du ... du mieser Verräter!", zischt Dr. Johannsen in Richtung Ralf.

Amelie umarmt Elfie, die immer noch Tränen in den Augen hat, doch gleichzeitig glücklich lächelt. „Danke! Du bist das tapferste Gespenst, das ich kenne!", flüstert sie ihr ins Ohr.

„Wirklich?"

„Ja, wirklich!"

Elfie strahlt über das ganze Gesicht. „Ich hab mich nämlich unsichtbar gemacht, damit ich mich an den anderen Pflegern vorbei aus meinem Zimmer schleichen kann", erklärt sie stolz. „Sonst hätte ich es nicht bis hierher geschafft!"

„Was geschieht mit den anderen Patienten hier?", fragt Frau Leyenbrink.

„Das weiß ich nicht", sagt der Polizist. „Wir werden das Gesundheitsamt informieren. Die werden sich darum kümmern."

„Und Marko?"

„Ich denke, unter diesen Umständen müssen wir einen Transport ins Krankenhaus wohl doch riskieren", sagt der Notarzt mit betretener Miene.

27.

Bevor ich auch nur einen Schrei ausstoßen kann, lande ich auf etwas Weichem. Wie auf einem Trampolin werde ich zurück in die Luft geschleudert, jedoch nicht hoch genug, um mich am Rand der mindestens zehn Blöcke tiefen Fallgrube festzuklammern, die das Podest mit dem Portal umgibt. Wieder stürze ich herab und pralle am Boden ab wie ein Flummi.

Als ich endlich zur Ruhe komme, befestige ich eine Fackel an der Wand. Der Boden der Grube besteht aus Blöcken einer grünlichen, gummiartigen Substanz - Schleimblöcke! Wer immer diese Falle konstruiert hat, wollte nicht, dass man zu Schaden kommt, wenn man hineinfällt.

„Denkst du etwa, du kannst mich hier drin für immer festhalten?", rufe ich.

„In der Tat, das denke ich!", sagt mein Ebenbild und lacht. „Sei froh, dass du Gesellschaft hast. Ihr beide werdet bestimmt viele spannende philosophische Diskussionen haben!"

„Das glaube ich kaum", erwidere ich und beginne, aus Steinen eine Treppe zu errichten.

„Ich schon", erwidert der König und betätigt einen Schalter. Ein knirschendes Geräusch ertönt, als ob jemand eine Steinplatte auf ein Grab schiebt. Hoch über uns fährt aus der Wand eine Platte aus Bedrock, die die Grube wie ein Deckel verschließt.

Verzweifelt haste ich die Treppe hinauf, doch es ist zu spät - bevor ich den Rand der Grube erreiche, ist sie schon verschlossen. Ich springe herunter und entferne einen der

Schleimblöcke, doch wie befürchtet besteht auch der Boden darunter aus Bedrock.

Gedämpft klingt das Lachen des Königs durch die Steinplatte. „Viel Spaß euch beiden!"

„Wir haben jetzt zwei Möglichkeiten", sage ich zu Platon.

„Du siehst in dieser Situation noch Auswege?", fragt er verwundert.

„Ja. Die Frage ist, ob du hier bleiben und darauf warten willst, dass ich dich befreie, oder ob du mit mir sterben willst. Das Problem dabei ist, dass ich nicht weiß, ob du wieder aufwachen wirst. Du bist nur ein Gedanke in meinem Kopf. Es ist gut möglich, dass du für immer aufhörst zu existieren."

„Wenn ich nur einer deiner Gedanken bin - und ich möchte anmerken, dass ich diese Vorstellung immer noch ein wenig anmaßend finde - dann werde ich ohnehin aufhören, zu existieren, wenn du aus deinem Traum aufwachst, richtig?"

„Richtig."

„Was macht es dann für einen Unterschied, ob ich jetzt sterbe oder später?"

„Wenn wir Glück haben und du mit mir respawnst, ich meine wieder lebendig wirst, dann könntest du mir helfen, hierher zurückzukehren."

„Dein Ebenbild dürfte etwas dagegen haben. Das nächste Mal wird uns wohl mehr erwarten als ein paar Untote."

„Eben. Ich brauche jede Verstärkung, die ich kriegen kann."

„Und du glaubst, ich kann dir helfen?"

„Du hast mir schon mehrmals geholfen. Ich glaube, ohne dich werde ich es kaum schaffen.“

Der Philosoph wendet sich von mir ab. „Wenn ich es richtig sehe“, sagt er mit dem Rücken zu mir, „dann erwartest du von mir, dass ich nicht nur meine eigene Existenz opfere, sondern diese ganze Welt, damit du aufwachen und die Liebe einer Jungfrau erringen kannst.“

So wie er es sagt, klingt es ziemlich egoistisch. Doch er hat recht.

„Ja“, ist alles, was ich darauf antworten kann.

Er dreht sich wieder um. Auf seinem schielenden Kastengesicht ist keine Gefühlsregung erkennbar.

„Gut“, sagt er. „Ich wollte nur sichergehen, dass derjenige, für den ich in den Tod gehe, ehrlich zu mir ist. Ich werde hundertmal lieber sterben, als diese Welt einem arroganten und rachsüchtigen Tyrannen zu überlassen! Was muss ich tun?“

„Nichts“, sage ich erleichtert, während ich einen Block TNT zwischen uns platziere und ihn anzünde.

28.

Mit Blaulicht geht es durch die Stadt. Inzwischen ist es fast Mitternacht, doch Amelie ist kein bisschen müde. Sie sitzt auf der Rückbank des Polizeiwagens, der hinter dem Krankenwagen herfährt. Gern wäre sie jetzt bei Marko, doch im Heck des Krankenwagens ist nur für seine Mutter und den Notarzt Platz.

Endlich erreichen sie die Notaufnahme. Amelie bedankt sich bei den Polizeibeamten, während Marko auf einem fahrbaren Bett in die Intensivstation gebracht wird. Dorthin darf sie ihm nicht folgen. Gemeinsam mit Markos Mutter wartet sie auf eine Meldung der Krankenhausärzte.

„Du solltest deine Mutter anrufen", sagt Frau Leyenbrink.

Sie hat recht, Mama macht sich bestimmt riesige Sorgen. Aber Amelie hat Angst vor dem Gespräch. Immerhin ist sie ausgerissen und wird garantiert einen Höllenärger kriegen.

„Möchtest du, dass ich mit ihr spreche?"

Amelie schüttelt den Kopf. „Es ist nur ... ich habe kein Handy."

„Hier, nimm meins."

Amelie wählt die Nummer der Ferienwohnung, doch niemand geht ans Telefon. Als Nächstes versucht sie es zuhause. Nach nur drei Klingeltönen ist ihre Mutter am Apparat. Wie sich herausstellt, hat sie die Polizei angerufen, nachdem Amelie verschwunden ist, und dabei erfahren, dass ihr Noch-Ehemann immer noch in Untersuchungshaft sitzt. Der angebliche Hauptkommissar Keller existiert überhaupt nicht. Irgendjemand hat versucht, sie einzuschüchtern und sie dazu zu bringen, sich zu verstecken, damit sie keine Aussage machen kann; vielleicht ein Freund von Amelies Stiefvater. Daraufhin ist ihre Mutter nach Hause gefahren und hat Amelie überall gesucht. Sie möchte, dass ihre Tochter sofort nach Hause kommt, doch Amelie will auf jeden Fall bei Marko bleiben. Also beschließt ihre Mutter, ebenfalls ins Krankenhaus zu kommen.

Nachdem Amelie das Gespräch beendet hat, nimmt Markos Mutter sie in den Arm. „Ich kann dir gar nicht sagen, wie dankbar ich dir bin. Wenn du nicht so mutig gewesen wärst ..."

Sie bricht in Tränen aus. Amelie ist es ein bisschen unangenehm, dass sich eine erwachsene Frau an ihrer Schulter ausweint.

Nach ein paar Minuten löst sich Frau Leyenbrink von ihr. „Entschuldige. Aber das ist alles ein bisschen viel für mich."

„Ja, für mich auch. Ich frage mich immer noch, warum er das getan hat."

„Wer was getan hat?"

„Dr. Johannsen. Warum hat er Marko diese Pillen gegeben, von denen er Halluzinationen bekommt?"

„Der Pfleger hat doch gesagt, dass sie in der Klinik illegale Experimente an Patienten durchführen."

„Ja, schon, aber ... Darf ich bitte noch einmal ihr Smartphone haben?"

„Ja, natürlich. Hier, bitte."

„Wissen Sie zufällig, wie Dr. Johannsen mit Vornamen heißt?"

„Edgar, glaube ich. Wieso?"

Amelie öffnet den Webbrowser und gibt „Stefan Schiller Edgar Johannsen" in die Suchmaschine ein. Nach einigem

Herumklicken findet sie eine Seite, auf der sich alte Freunde wiederfinden können, die zusammen zur Schule gegangen sind oder studiert haben. Dort ist sogar ein Foto hochgeladen, auf dem beide zu sehen sind. Johannsen ist deutlich jünger und hat noch volles Haar, doch die Hakennase ist unverkennbar. Amelies Stiefvater ist ebenfalls sofort zu erkennen.

„Ich hab's mir doch gedacht", sagt Amelie und zeigt Frau Leyenbrink das Smartphone. „Das da links ist eindeutig mein Stiefvater, und der dort Dr. Johannsen. Auch, wenn er damals noch mehr Haare hatte, ist die Hakennase unverkennbar. Sie haben sich anscheinend während des Studiums kennengelernt."

„Oh, mein Gott!", ruft Markos Mutter aus. „Johannsen hat von Anfang an mit ihm unter einer Decke gesteckt! Er muss versucht haben, die Zeugen, die gegen deinen Stiefvater aussagen können, auszuschalten, indem er sie mit irgendwelchen Drogen quasi verrückt macht. Und ich habe diesem Scharlatan vertraut! Wenn du nicht gewesen wärst, hätte er Marko wahrscheinlich umgebracht. Wir müssen sofort die Polizei informieren!"

„Jetzt weiß ich auch, wer dieser angebliche Hauptkommissar Keller war, der meine Mutter angerufen hat", stellt Amelie fest.

„Nur leider nützt das alles Marko nichts", sagt Frau Leyenbrink. „Wenn ... wenn er nicht wieder aufwacht ..."

„Keine Angst", sagt Amelie. „Er hat einen starken Willen. Er wird bestimmt wieder gesund!" Doch die Zuversicht, die sie seiner Mutter zuliebe in ihre Stimme gelegt hat, empfindet sie nicht wirklich.

29.

Ich wache in meiner Behelfshütte auf. Platon ist nirgends zu sehen. Ich habe meinen einzigen Freund in dieser Welt verloren! Seltsam, dass man um jemanden trauern kann, den es gar nicht gibt.

Hätte ich doch bloß nicht den TNT-Block gezündet! Wenn er mich stattdessen getötet hätte, wäre er jetzt noch in der gummigepolsterten Grube und ich könnte ihn befreien. Ich hatte so sehr gehofft, dass er mir helfen würde, den tyrannischen König zu besiegen. Ich habe keine Ahnung, wie ich es allein schaffen soll.

Aber Jammern hilft nicht. Ich crafte aus dem restlichen Material in meiner Truhe noch ein paar Ersatzrüstungen und Schwerter und mache mich auf den langen Weg zurück in die Stadt. Meine Beine fühlen sich schwer an, und jeder Schritt tut mir weh. Es ist, als ob ich gegen einen starken Wind anlaufen muss, der mich zurück in mein Versteck wehen will.

Mir wird klar, dass es Angst ist, die mich lähmt. Ich will nicht noch einmal auf mein grausames Ebenbild treffen, schon gar nicht allein. Doch was bleibt mir übrig? Ich muss durch das Tor in die Wirklichkeit gehen. Es ist einzige Möglichkeit, diesen Alptraum zu beenden. Vielleicht habe ich ja Glück und der König lässt die unterirdische Pyramide unbewacht, weil er denkt, ich sitze immer noch in der Falle. Aber so einfach wird es bestimmt nicht. Schließlich ist er ein Teil von mir, und wie sollte ich mich selbst überlisten können?

Wahrscheinlich weiß er längst, dass ich aus der Fallgrube verschwunden bin, und ist ziemlich sauer. Er wird alle Kräfte einsetzen, um zu verhindern, dass ich durch das Tor gehe. Und er hat nicht nur eine riesige Armee, er weiß auch, wie man Fallen baut. Ich werde es niemals durch seine Abwehr hindurch schaffen!

Ich habe das Gefühl, schon viele Stunden gelaufen zu sein, doch ich kann von dem Hügel, auf dem ich stehe, immer noch meine Hütte sehen. Am liebsten würde ich mich hinsetzen und ausruhen, aber das geht ja in der Würfelwelt nicht. Also gehe ich einfach weiter und versuche, nicht daran zu denken, was mich am Ende meines Weges erwartet: dass es meinem Ebenbild gelingen wird, mich zu überwältigen, mir mein TNT wegzunehmen und mich einzusperren, so dass ich für immer in dieser Welt gefangen bin ...

Moment mal! Gefangen? Weggesperrt? Ich Idiot! Wieso habe ich denn gedacht, dass Platon in meiner Hütte spawnen würde, nachdem ich uns in die Luft gesprengt habe? Er war lange in der Gefängniszelle eingesperrt und hat vermutlich in dem Bett geschlafen, das darin stand. Also ist das sein Spawnpoint geworden. Indem ich uns beide tötete, habe ich ihn direkt zurück in seine Gefängniszelle teleportiert.

Wahrscheinlich war er nicht gerade begeistert, als er dort aufgewacht ist. Ich kann mich wohl auf eine gepfefferte Rede über die Sinnhaftigkeit meines Handelns gefasst machen, wenn ich ihn erneut befreie. Aber das Wichtigste ist, dass er lebt! Möglicherweise jedenfalls.

Der Gedanke, dass mein Freund vielleicht auf seine Rettung wartet, gibt mir neuen Mut. Entschlossen schreite ich durch die würfelige Landschaft. Nach einer Weile sehe ich in der Ferne ein Dorf. Ich ziehe meine Lederrüstung an und setze den Kürbis auf den Kopf. Einige der

Dorfbewohner scheinen mich anzustarren. Ohne sie zu beachten, marschiere ich weiter.

Nach ein paar Schritten höre ich hinter mir einen Ruf: „Ha!"

Verwundert drehe ich mich um. Drei Dorfbewohner in braunen Kutten eilen mir nach.

„Ha!", ruft einer von ihnen. *Kürbismann, warte auf uns! Wir wollen uns dir anschließen!*

„Ihr wollt mit mir kommen?", frage ich verdutzt. „Warum?"

„Ha!" *Wir haben gehört, dass du gekommen bist, um das Volk von der Tyrannei des Königs zu befreien. Wir wollen mit dir kämpfen!*

„Ha!", erwidere ich. Nachdem mich alle verdutzt anstarren, füge ich hinzu: „Ihr habt keine Waffen und keine Kampfausbildung. Die Soldaten des Königs werden euch in Stücke hauen!"

„Ha!" *Wir fürchten uns nicht. Lieber sterben wir im Kampf für die Freiheit, als dass wir uns weiter unterdrücken lassen.*

„Na schön, dann folgt mir!"

Ich führe den kleinen Trupp in Richtung der Stadt. Als die Dunkelheit einbricht, baue ich eine provisorische Hütte für uns alle. Die Dorfbewohner bewundern die Geschwindigkeit, mit der ich Mauern errichten kann. Als ich sie frage, wie lange denn das Bauen von Häusern normalerweise dauert, starren sie mich nur verständnislos an. Schließlich erklärt mir einer, dass er noch nie gesehen hat, wie ein Haus gebaut wurde. Die anderen bestätigen das: Häuser werden nicht gebaut, sie sind einfach da.

Am nächsten Tag setzen wir den Marsch fort. Als wir an einem weiteren Dorf vorbei kommen, schließen sich uns noch mehr Dorfbewohner an. Weitere treffen wir unterwegs. Offenbar hat sich die Nachricht, dass Kürbismann in der Gegend ist, auf irgendeine rätselhafte Weise ausgebreitet. Am Abend habe ich bereits gut zwanzig Knollnasen um mich versammelt, und am Abend des nächsten Tages sind es fast vierzig.

Als es dunkel wird, sehe ich hinter einer Hügelkuppe einen seltsamen rötlichen Schein, so als weigere sich die Sonne, endgültig unterzugehen. Ich klettere auf den Hügel. Der Anblick, der sich von dort aus bietet, ist erschreckend: Die riesige Stadt steht in Flammen. Fast alle Häuser brennen, dichte Rauchschwaden steigen in den Himmel auf. Nur der Palast des Königs scheint unversehrt; wie ein rechteckiges Stück Kohle ragt er aus der Glut.

Hinter mir höre ich plötzlich *Unnghs* und aufgeregte Rufe. Die Dorfbewohner werden von zwei Zombies bedrängt und laufen herum wie aufgescheuchte Hühner. Offensichtlich sind sie nicht in der Lage, sich zur Wehr zu setzen. Die werden mir eine große Hilfe im Kampf gegen den König sein! Mit ein paar Schwerthieben strecke ich die Zombies nieder und errichte rasch einen Schutzbau. Die Dorfbewohner feiern mich mit begeisterten Rufen: *Es lebe Kürbismann, der Kämpfer für Freiheit und Gerechtigkeit!*

Während die Dorfbewohner sich aus Furcht vor weiteren Monsterattacken aneinander drängen, grabe ich einen Tunnel in den Boden und sammele Kohle und Eisen. Bis zum Morgengrauen habe ich zwei Dutzend Eisenschwerter gecraftet, die ich zusammen mit meinen überschüssigen Rüstungsteilen an meine Begleiter verteile. Die sehen allerdings nicht so aus, als könnten sie damit umgehen, als wir draußen vor unserer Notunterkunft ein paar Übungen machen. Eine der Knollnasen schlägt aus Versehen eine andere, als sie ihr Schwert ausprobiert.

„Ha!", beschwert sich der Getroffene. *Aua! Du spinnst wohl!*

„Ha!", sagt der andere. *Tut mir leid, das wollte ich nicht.* Die übrigen Dorfbewohner murmeln unverständlich durcheinander, dann schweigen sie alle betreten.

„Also gut, hört mal her. Ihr benutzt eure Schwerter nur im Notfall, kapiert? Haltet euch aus Kämpfen heraus, wenn ihr könnt. Ansonsten einfach draufhauen, aber nur auf Gegner, verstanden? Und seht vor allem zu, dass ihr selber nicht getroffen werdet. Wenn euer Feind zu stark ist, lauft ihr einfach weg. Noch Fragen?"

Eine der Knollnasen meldet sich zu Wort. *Wir sind keine Soldaten. Wie sollen wir den König und seine Armee nur besiegen?*

„Ich habe ehrlich gesagt keine Ahnung."

Er ist Kürbismann, der Kämpfer für Freiheit und Gerechtigkeit!, ruft ein anderer. *Mit seiner Hilfe werden wir siegen!*

Unsinn! Wir werden in Stücke gehauen. Er hat es selbst gesagt.

Werden wir nicht! Die Legenden sind wahr geworden!

Legenden sind was für kleine Kinder. Sieh ihn dir doch an. Glaubst du etwa, der da kann den König besiegen? Nur, weil er einen Kürbis auf dem Kopf trägt?

Aber er ist Kürbismann ...

Vielleicht ist er es ja gar nicht. Vielleicht tut er nur so! Er soll doch mal den Kürbis abnehmen. Dann wissen wir es.

Was wissen wir dann?

Ob er wirklich Kürbismann ist.

Und woher willst du das wissen? Du weißt doch gar nicht, wie Kürbismann in Wirklichkeit aussieht.

Na, so wie ich. Wir sehen doch alle gleich aus, oder?

Schon. Aber wenn Kürbismann so aussieht wie wir, dann ist er auch bloß ein ganz gewöhnlicher Dorfbewohner.

Sag ich doch. Die Legenden sind Unsinn!

Sind Sie nicht!

„Also schön", sage ich seufzend und nehme den Kürbis vom Kopf ab.

Vor Schreck schreien die Dorfbewohner alle durcheinander. Ich kann kaum einen der Untertitel entziffern. *Das ... das ist ja der König!*, lese ich bei einer etwas abseits stehenden Knollnase. *Er hat uns überlistet! Wir werden alle hingerichtet*, bei einer anderen.

„Beruhigt euch!", rufe ich. „Ich bin nicht der König, auch wenn ich so aussehe wie er. Ich komme aus einer anderen Welt, deshalb bin ich anders als ihr. Und deshalb bin ich auch der Einzige, der den König besiegen kann. Aber nicht allein, und ich fürchte, eure Hilfe wird auch nicht ganz reichen. Wir brauchen Verstärkung!"

Kaum habe ich das gesagt, da ruft einer der Dorfbewohner aufgeregt:

„Ha!" *Seht nur! Dort kommt ja schon die Verstärkung! Es lebe Kürbismann!*

Tatsächlich kommt plötzlich ein Trupp von etwa fünfzig Knollnasen auf uns zu. Einige tragen Rüstungen, doch die meisten haben nur ihre schlichten Roben an und sind mit Holzschwertern bewaffnet. Ein Kastenmann mit einer Eisenrüstung und einem weißen Bart führt sie an.

„Platon!", rufe ich erfreut aus und renne auf ihn zu. „Was ist passiert?"

Er beginnt, zu erzählen.

30.

„Nachdem du mich in deiner unergründlichen Weisheit in die Luft gesprengt hattest, erwachte ich in meiner Gefängniszelle. Ich dachte lange und intensiv darüber nach, mit welchen Worten ich meinen Gefühlen darüber Ausdruck verleihen würde, wenn ich dich wieder träfe. Doch irgendwann begriff ich, dass du keine andere Wahl hattest, und dass mir nichts übrig bleiben würde, als darauf zu hoffen, dass du mich erneut befreitest.

Dann jedoch geschah etwas Seltsames: Ich hörte laute Rufe auf dem Gang vor meiner Zelle, dann einen Tumult, und plötzlich wurde die Zellentür geöffnet. Vor mir stand eine Knollnase, doch obwohl ich sie kaum unterscheiden kann, sah er nicht aus wie ein Gefängniswärter, denn er trug keine Rüstung. Er sagte etwas, und ich begriff, dass ich ihm folgen solle. Er führte mich durch einen Tunnel in die Freiheit. Von dort hasteten wir durch die Straßen der Stadt bis zu einem großen Gebäude. Im Inneren fand ich eine Versammlung von etwa drei Dutzend Stadtbewohnern, die etwas zu besprechen schienen. Als sie mich sahen, gerieten sie in große Aufregung.

Immer noch begriff ich nicht recht, was geschah, bis ich die Bilder sah, die an den Wänden angebracht waren. Eines stellte einen Kämpfer dar, doch statt eines Helms trug er einen Kürbis auf dem Kopf. Auf dem nächsten Bild sah man diesen Kämpfer eine ganze Anzahl Soldaten niederstrecken. Das dritte Bild zeigte den Kürbismann im Kampf gegen den König. Auf dem vierten stand der Kürbismann siegreich auf einem Podest inmitten von jubelnden Knollnasen, während der König zu seinen Füßen kniete.

Da ich in einer Welt aufgewachsen bin, in der unsere Freiheit ständig von Tyrannen bedroht wurde, begriff ich sofort, was das bedeutete: Dies waren Rebellen, die den Sturz des Königs planten und dazu auf deine Hilfe hofften. Einer der Verschwörer gab mir einen ausgehöhlten Kürbis und forderte mich auf, ihn auf den Kopf zu setzen. Doch ich lehnte ab. Ich machte ihnen mit Gesten klar, dass ich nicht der Kürbismann war. Doch ich hielt den Kürbis hoch und stieß einen Jubelschrei aus, und da begriffen sie, dass ich auf ihrer Seite war, und ihre Freude kannte keine Grenzen.

Es erschien mir ratsam, diese Verschwörer zu unterstützen, während ich auf deine Rückkehr wartete. Vielleicht konnte ich eine kleine Armee zusammenstellen, die dir bei deinem Versuch, den Tyrannen zu stürzen, helfen würde. Ich war nie ein Soldat, aber ich habe genug über den Krieg gelernt. Jedenfalls verstand ich offensichtlich mehr davon als die Knollnasen. Ich half ihnen, Rüstungen und Schwerter herzustellen, wenngleich sie nur wenig Material hatten. Dann zeigte ich ihnen, wie man eine Waffe benutzt. Sie stellten sich äußerst ungeschickt an. Doch die Nachricht von der Verschwörung des Kürbismanns breitete sich aus, und wir erhielten immer mehr Zulauf. Ich schöpfte Hoffnung, dass wir mit schierer Zahl und ungestümer Begeisterung die überlegene Bewaffnung und Ausbildung der Soldaten des Königs ausgleichen konnten. Vielleicht würde es uns sogar gelingen, einen Teil der Truppen auf unsere Seite zu ziehen. Ich versuchte, den Stadtbewohnern diese Idee zu vermitteln, indem ich pantomimisch darstellte, wie ein Verschwörer und ein Soldat Freunde wurden, doch sie begriffen es nicht.

Dann jedoch geschah etwas Entsetzliches: Während wir mit den Waffen übten, drangen plötzlich Soldaten des Königs in das Haus ein. Ich streckte sie alle nieder, während die Knollnasen in alle Richtungen flohen. Doch es kamen immer mehr Soldaten, und so blieb auch mir nur die Flucht.

Die Schergen des Königs brannten das Haus der Verschwörer nieder. Doch das genügte deinem Ebenbild offenbar nicht. Getrieben von der Furcht vor dem Sturz, die allen Tyrannen eigen ist, ließ er die gesamte Stadt niederbrennen und befahl seinen Soldaten, alle Bewohner zu töten. Es war ein grausames Gemetzel. Nur dadurch, dass manch ein Soldat den Gehorsam verweigerte und sich auf die Seite der Aufständischen schlug, konnte noch Schlimmeres verhindert werden.

Vielleicht hätten wir eine Chance gehabt, uns zu wehren, wenn wir auf den Angriff vorbereitet gewesen wären. Doch die Rebellen waren in alle Richtungen versprengt und die ganze Stadt in Panik. Viele versuchten, durch die Stadttore zu fliehen, doch Soldaten blockierten alle Ausgänge. Offenbar wollte der Tyrann sämtliche seiner Untertanen töten, weil er keinem von ihnen mehr traute.

Mir blieb nur, schnell eine Spitzhacke anzufertigen und an verschiedenen Stellen Breschen in die Steinmauern zu schlagen, so dass zumindest ein Teil der Bewohner entkommen konnte. Einige der Knollnasen nahmen sich an mir ein Beispiel, und bald gab es so viele Lücken in der Mauer, dass die Soldaten sie nicht mehr alle bewachen konnten.

Ich weiß nicht, wie viele der Stadtbewohner mit dem Leben davon kamen. Die meisten flüchteten sich in die Wälder oder rannten zurück in die Dörfer, aus denen sie einst gekommen waren. Manch einer wird den lebenden Toten zum Opfer gefallen sein, die des Nachts die Gegend unsicher machen. Mir gelang es immerhin, ein paar versprengte Rebellen und abtrünnige Soldaten um mich zu versammeln. Der König schickte seine Truppen gegen uns aus, doch obwohl wir zahlenmäßig unterlegen waren, konnten wir die Schlacht für uns entscheiden. Dabei erlitten wir allerdings hohe Verluste. Das, was du hier siehst, ist der traurige Rest der Armee, die ich hoffte, dir zur Seite stellen zu können.

Wie ich sehe, hast auch du inzwischen einen kleinen Trupp ausgebildet. Doch ich fürchte, es wird bei Weitem nicht reichen, um gegen die Soldaten des Königs zu bestehen. Wenn wir diesen Kampf gewinnen wollen, müssen wir ... Sag mal, hörst du mir überhaupt zu?“

31.

Während Platon erzählt, starre ich auf die Pixelfigur, die plötzlich etwas abseits unter einer Würfelbirke steht, reglos wie eine Statue. Ich habe keine Ahnung, wie sie dorthin gekommen ist. Sie sieht anders aus als alles, was ich bisher in der Würfelwelt gesehen habe: Ihr Kastenkörper gleicht meinem, doch ihre Augen wirken größer und sind braungrün, mit schwarzen Pixeln darüber, die lange Wimpern andeuten sollen. Wallende dunkelbraune Locken fallen ihr ins Gesicht und über die Schultern. Anstelle eines türkisfarbenen Hemds trägt sie eine Art T-Shirt in derselben Farbe, und statt blauer Hosen einen kurzen Rock.

„Amelie?" Ich will ihren Namen rufen, doch ich bringe nur ein Flüstern hervor.

„Marko!", ruft die Gestalt aus. „Oh, Marko!"

Sie stürzt auf mich zu. Plötzlich spüre ich ihr Gesicht an meinem, kann den Duft ihrer Haare riechen. Tränen kitzeln meine Wangen. Ich schließe die Augen, um mich ganz dieser Empfindung hinzugeben, während sie mich umarmt.

„Oh, Marko! Endlich bist du wach!", schluchzt sie.

Ich öffne die Augen und sehe ihr Gesicht dicht vor meinem. Doch es ist ein Pixelgesicht.

„Amelie?", frage ich verunsichert.

„Marko! Was ist denn? Sieh mich an!"

„Ich ... ich sehe dich. Aber ..."

„Was ist denn los mit dir?"

Ich weiß nicht, wie ich es in Worte fassen soll. Ich weiß nicht einmal, was hier gerade geschieht. Ist es wirklich Amelie, mit der ich rede? Aber warum bin ich dann immer noch in der Würfelwelt?

„Dein ... Gesicht ist pixelig“, versuche ich es ihr zu erklären.

„Ich habe Pickel?“

„Nein, pixelig, wie in einem Computerspiel.“

Sie hebt einen Arm. „Wie viele Finger sind das?“

Ich zögere einen Moment. „Du hast keine Finger.“

„Bist du ... blind?“ Ich kann hören, dass sie das Schluchzen aus ihrer Stimme herauszuhalten versucht.

„Nein“, erwidere ich. „Ich glaube nicht. Aber ich ... ich habe immer noch Halluzinationen. Wo bin ich?“

„Im Krankenhaus“, erwidert sie.

„Dr. Johannsen ... er hat mir Medikamente gegeben ...“

„Ich weiß. Keine Sorge, er wurde von der Polizei verhaftet. Du bist in Sicherheit.“

Ich versuche, das, was sie sagt, mit meinen eigenen verwirrenden Erinnerungen in Einklang zu bringen. Ich hatte geglaubt, immer noch bewusstlos oder halbtot im Beruhigungszimmer der Klinik zu liegen. Aber kann ich dieser Erscheinung trauen? Vielleicht ist das wieder nur irgendein Trick meines Unterbewusstseins, so wie die Zombie-Mutter in der Stadt der Toten?

„Wie ... wie ist es passiert?“, frage ich.

„Später“, antwortet sie. „Ich hole jetzt erst mal einen Arzt, und dann sage ich deiner Mutter Bescheid, dass du aufgewacht bist, jedenfalls ein Stück weit. Ich bin gleich zurück.“

Das Pixelgesicht beugt sich vor, bis es mich berührt. Ich spüre Amelies Lippen auf meinen. Das überzeugt mich beinahe, dass sie tatsächlich hier bei mir ist. Andererseits: Kann etwas, das sich so gut anfühlt, wirklich wahr sein?

Das Kastenmädchen verschwindet im angrenzenden Wald. Ich starre ihr nach, immer noch unsicher, ob mich meine Sinne nicht täuschen.

„War das die holde Jungfrau, deretwegen du unbedingt das Tor in deine Welt durchschreiten musst?“

„Ja ... glaube ich jedenfalls.“

„Aber wie kann sie hier sein? Sagtest du nicht, diese Welt existiere nur in deinem Kopf?“

„Anscheinend nehme ich Teile meiner Umgebung in der Wirklichkeit wahr, doch ich bin noch nicht vollständig wach. Irgendwie muss ich sie in meine Halluzination eingebaut haben.“

„Klingt nach einem komplizierten Fall“, meint Platon. „Wenn damals in Athen jemand Dinge gesehen hat, die nicht da waren, haben wir ihm einen Krug Wasser über den Kopf geschüttet. Wenn das nicht half, haben wir ihm den Krug auf den Kopf gehauen. Das hat auch nicht immer geholfen, aber danach hat er meistens kein wirres Zeug mehr geredet.“

„Hast du häufiger mal einen Krug auf den Kopf bekommen?“, frage ich.

Er starrt mich an. „Ich hoffe, das sollte ein Scherz sein, junger Freund! Ich habe nicht all die Mühen auf mich genommen und mein Leben riskiert, um mich von dir beleidigen zu lassen!“

„Entschuldige.“

„Entschuldigung angenommen. Nun, wie ich gerade schon zu erklären versuchte, müssen wir, wenn wir diesen Kampf gewinnen wollen ...“

Doch ich höre ihm nicht mehr zu, denn in diesem Moment kommt das Pixelmädchen aus dem Wald zurück, begleitet von einer Knollnase in weißem Kittel.

32.

„Marko?" Amelie beugt sich besorgt über ihn.

„Amelie!", flüstert er. Seine Augen sind offen, doch sie starren ins Leere. Es bricht ihr fast das Herz.

„Hallo Marko", sagt der Arzt. „Ich bin Dr. Neumann. Kannst du mich hören?"

„Ja."

„Kannst du mich auch sehen?"

„Ja … irgendwie."

„Was genau siehst du?"

„Ich bin in einer Welt, die aussieht wie ein Computerspiel. Minecraft. Ich habe es oft gespielt."

„Und Amelie und ich sind auch in diesem Spiel?"

„Ja. Sie sehen aus wie einer der Dorfbewohner in dem Spiel. Und Amelie … sieht aus wie sie selbst in einer Minecraft-Version."

„Weißt du, wovon er redet?", fragt der Arzt Amelie.

„Ich habe von Minecraft gehört", erwidert sie. „Fast jeder an unserer Schule spielt es."

„Aber du nicht?"

„Ich hatte bisher … nicht so viel Gelegenheit zum Computerspielen."

Der Arzt wendet sich wieder an Marko.

„Ist noch jemand bei dir?"

„Eine Menge Dorfbewohner und Platon."

„Platon? Der Philosoph?"

„Ja. Er hat mir geholfen … Ja, ja schon gut, ohne dich wäre ich längst tot."

Amelie zuckt zusammen. „Marko?", ruft sie erschrocken. „Was hat der letzte Satz zu bedeuten? Was meinst du mit ‚ohne dich wäre ich längst tot'?"

„Entschuldige“, flüstert er. „Ich habe mit Platon gesprochen. Er legt Wert auf die Feststellung, dass ich es ohne ihn nicht bis hierher geschafft hätte. Er hat recht. Wir haben ... zusammen eine Menge Gefahren überstanden.“ Die letzten Worte klingen schwach, so als sei Marko zu müde, um zu sprechen.

Der Arzt macht ein sorgenvolles Gesicht. Er leuchtet Marko mit einer Taschenlampe in die Augen. Dann gibt er ihm unvermittelt eine leichte Ohrfeige.

Marko zuckt zusammen. „Aua! Was soll das?“

„Entschuldige“, sagt Dr. Neumann. „Ich wollte sehen, ob du Schmerzen empfinden kannst. Ich hoffe, es war nicht zu stark.“

„Ja, kann ich. Was haben Sie getan?“

„Ich habe dir eine Ohrfeige gegeben. Was hast du wahrgenommen?“

„Dass Sie mich mit einem Schwert attackiert haben.“

„Mit einem Schwert?“

„In Minecraft gibt es Schwerter und Monster.“

Der Arzt runzelt die Stirn. „Gibt es in dem Spiel auch so etwas wie einen Endboss?“

„Ja, den Enderdrachen. Aber ich habe ihn bereits besiegt.“

„Was ist dann passiert?“

„Ich wäre fast aufgewacht. Ich lag in der Klinik von Dr. Johannsen. Schwester Christa ... sie war dort, und Pfleger Bertram. Als sie merkten, dass ich wach wurde, haben ... haben sie mir irgendwas gespritzt.“

„Diese Mistkerle!“, ruft Amelie.

„Und dann?“, fragt der Arzt.

„Ich ...“

„Marko? Marko, bleib bei uns! Was geschah dann?“

„Ich wurde wach ... in der Würfelwelt ... böser Doppelgänger ... das Portal ..."

„Marko? Marko, bitte rede weiter!" Der Arzt rüttelt Marko an der Schulter, doch seine Augen sind zugefallen.

Amelie schluchzt auf. „Wird er ... wird er wieder gesund, Herr Doktor?"

Der Arzt zuckt mit den Schultern. „Ich weiß es nicht. Das ist ein sehr ungewöhnlicher Fall. Dieser Dr. Johannsen hat mit irgendwelchen Drogen experimentiert. Selbst, wenn wir wüssten, welche es waren, wären die Folgen nur schwer einzuschätzen. Wir haben ihm ein starkes Medikament gegeben, um ihn in die Wirklichkeit zurückzuholen, aber er ist sehr schwach. Was mir Sorgen macht, ist, dass er physisch und auch neurologisch gesund zu sein scheint. Seine Augen reagieren normal, sein Körper zeigt alle Reflexe, das EEG zeigt keine Auffälligkeiten."

„Wieso ist er dann noch in diesem Computerspiel?"

„Ich weiß es nicht. Es scheint, als blockieren ihn etwas und hindere ihn daran, die Welt so zu sehen, wie sie ist. Möglicherweise ist sein Gehirn so stark geschädigt worden, dass er sich nie mehr davon erholt."

„Aber können Sie denn gar nichts tun?"

„Nicht viel. Immerhin nimmt er schon mehr von seiner Umgebung wahr als vorher. Aber ich will ehrlich zu dir sein: Es ist möglich, dass er sich niemals ganz aus seiner Traumwelt befreien kann. Vielleicht wird er statt der Realität für immer Dinge sehen, die nicht da sind. Wir wissen es nicht. Wir können nur abwarten und hoffen, dass er sich von selber erholt."

„Nein!", sagt Amelie entschlossen. Sie hat genug davon, Tag und Nacht an seinem Bett zu sitzen und ihn anzustarren, wie er teilnahmslos da liegt.

„Was meinst du mit ‚nein'?"

„Ich werde hier nicht untätig herumsitzen. Vielleicht kann ich ihm irgendwie helfen. Haben Sie einen Computer?"

„Einen Computer? Wozu denn das?"

„Ich möchte mehr über die Welt herausfinden, in der er gefangen ist. Über Minecraft."

Der Arzt sieht sie nachdenklich an. „Du könntest den Rechner an meinem Arbeitsplatz benutzen, denke ich. Eine Weile wenigstens. Aber jetzt rufen wir besser erst einmal Markos Mutter an."

Frau Leyenbrink ist zwanzig Minuten später da. Amelie erzählt ihr, was geschehen ist. Sie ist traurig, nicht dabei gewesen zu sein, als ihr Sohn gesprochen hat, doch sie freut sich, dass es anscheinend Zeichen der Besserung gibt. Amelie bringt es nicht übers Herz, ihr zu sagen, dass Marko sich vielleicht nie mehr aus seiner Fantasiewelt befreien kann.

„Wenigstens ist er in dem Spiel, das er über alles liebt", sagt Markos Mutter. „Er hat es jeden Tag gespielt, oft stundenlang. Er hat mir die Gebäude gezeigt, die er gebaut hat. Ich war sehr beeindruckt. Ich glaube, er ist wirklich gut in diesem Spiel. Vielleicht muss er es nur zu Ende spielen und wacht dann auf."

„Er sagte, er hat es bereits durchgespielt und wäre auch fast aufgewacht, aber dann haben diese ... diese Typen in der Klinik ihm irgendein Mittel gespritzt."

„Ich werde dafür sorgen, dass dieser Dr. Johannsen nie wieder aus dem Gefängnis kommt, und dein Stiefvater auch nicht!" Frau Leyenbrink hat Tränen der Wut in den Augen. Sie nimmt Amelie in den Arm. Eine Weile halten sie sich aneinander fest.

„Vielleicht ist er jetzt in einer Art Fortsetzung", meint Markos Mutter schließlich. „Möglicherweise muss er noch eine letzte Aufgabe lösen."

„Ich glaube nicht, dass es eine Fortsetzung von Minecraft gibt", widerspricht Amelie.

„Vielleicht nicht in Wirklichkeit. Aber Marko war immer sehr kreativ. Es könnte doch sein, dass er sich selbst eine neue Aufgabe ausgedacht hat, um seinem Gehirn zu helfen, den Rückweg in die Realität zu finden, so wie beim ersten Mal."

Frau Leyenbrinks Worte geben Amelie neue Zuversicht. „Wie wäre es, wenn Sie hier bei ihm bleiben und ich informiere mich mal im Internet über Minecraft", schlägt sie vor. „Vielleicht finde ich irgendetwas heraus, das ihm helfen kann."

Die nächsten Stunden verbringt Amelie an Dr. Neumanns Computer. Das Internet ist voll von Informationen über Minecraft. Es gibt Websites, Wikis, Foren und tausende von Youtube-Videos. Doch nirgendwo findet sie Hinweise auf eine Fortsetzung. Dafür lernt sie einiges über so genannte Mods: kreative Erweiterungen des Spiels, von unabhängigen Programmierern entwickelt. Frau Leyenbrink hat womöglich recht und Marko hat sich seine eigene Version von Minecraft geschaffen. Doch wie soll sie ihm helfen, eine Aufgabe zu lösen, die sie gar nicht kennt? Sie versucht, sich an Markos letzte Worte zu erinnern, bevor er zurück ins Koma fiel. Mit „Würfelwelt" hat er sicher die Minecraft-Welt gemeint, in der er sich befindet. Wie Amelie inzwischen weiß, besteht dort wirklich fast alles aus Würfeln. Aber was bedeuteten „böser Doppelgänger" und „Portal"?

Sie beschließt, Leute zu fragen, die sich mit Minecraft auskennen, und ruft die Seite eines Minecraft-Forums auf. Dort erzählt sie Markos Geschichte. Anfangs trifft sie auf große Skepsis; niemand glaubt ihr, dass so etwas tatsächlich passieren kann. Doch als sie Artikel von Onlinemagazinen verlinkt, in denen über den Mordversuch an Marko und die Verhaftung ihres Stiefvaters berichtet wird, entsteht allmählich eine ernsthafte Diskussion darüber, wie man ihm helfen könnte.

33.

Die Gestalten beginnen zu verblassen.

„Marko? Marko, bleib bei uns! Was geschah dann?“, ruft die Knollnase im weißen Kittel, doch ihre Stimme klingt fern.

Ich will dem Arzt erklären, wie ich meinen bösen Doppelgänger entdeckte und schließlich mit Platons Hilfe das Portal fand. Doch meine Kehle ist wie zugeschnürt, als auch Amelies Kastenkörper transparent wird. So kann ich nur ein paar Wortfetzen hervorwürgen. Ich greife nach ihr, will sie festhalten, doch sie hat keine Substanz mehr, ist nur noch ein Spuk in der Würfelwelt, der kurz darauf vollständig verschwindet.

Wie betäubt bleibe ich stehen. Ich höre die Knollnasen aufgeregt diskutieren, doch ich erspare es mir, die Untertitel zu lesen. Nichts ist schlimmer, als wenn die Hoffnung, die man gerade noch empfunden hat, zerplatzt.

„Wenn wir diesen Kampf gewinnen wollen, dann brauchen wir mehr Soldaten“, sagt Platon.

Ich drehe mich zu ihm um. „Und wo sollen wir die hernehmen?“

„Sie werden zu uns kommen“, behauptet der Philosoph. „Die Nachricht von den Gräueltaten des Königs wird sich im ganzen Land verbreiten.“

„Über das Knollnasen-Internet, oder wie?“, frage ich.

Platon ignoriert meinen Einwurf. „Wir werden Boten in alle Richtungen aussenden. Sie werden die Nachricht vom Aufstand gegen den König in alle Dörfer tragen. Schon bald werden die Überlebenden der letzten Nacht hierher kommen, ebenso wie Deserteure der Armee des Königs. Aber sie werden Waffen und Rüstungen brauchen.“

„Klingt so, als wenn du dich mit sowas auskennst."

„Wie ich schon sagte, war ich nie Soldat. Aber ich habe in unruhigen Zeiten gelebt und als Berater mehrerer Herrscher an so mancher Besprechung mit dem Strategos teilgenommen. Der Krieg ist ein Handwerk wie jedes andere, und auch wenn ich dieses nie praktizierte, so habe ich doch die Grundlagen dieser Kunst durch Beobachtung erlernt."

„Und ich habe schon die eine oder andere Schlacht am Computer geführt", erwidere ich. „Daher weiß ich, dass die Armee des Königs uns überrennen wird, sobald er herausgefunden hat, wo wir sind – und das wird ihm wohl kaum verborgen bleiben, wenn wir Boten in alle Richtungen aussenden."

„Du hast recht. Wir müssen uns auf einen Angriff vorbereiten."

„Und wie willst du das machen?"

„Wir beide werden eine Bastion errichten, genau hier auf diesem Hügel. Die Knollnasen sind nicht sehr geschickt in so etwas. Eine kleine Streitmacht kann eine wesentlich größere aufhalten, wenn sie in einer guten Verteidigungsposition ist."

„Nun gut, an die Arbeit."

Nachdem ich ein Dutzend Boten in alle Richtungen ausgesendet habe, beginnen wir mit dem Festungsbau. In vier Blöcken Höhe legen wir einen Wehrgang an, der über mehrere Treppen erreichbar ist, mit Zinnen, so dass wir dort oben Bogenschützen postieren können.

Bald zeigt sich, dass Platon recht behält: Aus allen Richtungen kommen Knollnasen, um sich unserem Widerstand anzuschließen, zuerst nur vereinzelt, dann immer mehr.

Inzwischen hat unsere Bastion an allen vier Ecken Türme, von denen aus man die Gegend sehr gut überblicken kann. Wir postieren Wachen darauf. Dann beschäftigen wir uns mit der Herstellung der Ausrüstung. Während Platon im Boden nach Eisen, Kohle und Feuerstein gräbt, fälle ich ein paar Bäume und mache mich auf die Jagd nach Hühnern, deren Federn die Pfeilenden bilden, und Spinnen, deren Fäden wir für die Bögen brauchen.

Bei all dem sind die Knollnasen keine große Hilfe. Sie weigern sich, in den Untergrund zu gehen und nach Bodenschätzen zu graben. Stattdessen stehen sie den ganzen Tag im Burghof herum, diskutieren über die Gemeinheiten des Königs und lobpreisen Kürbismann, den Befreier. Ich habe immer größere Zweifel, dass sie im Kampf viel ausrichten werden. Aber Platon hat recht: Inzwischen sind es so viele, dass wir die Mauern unserer Festung erweitern müssen. Ihre schiere Masse wird vielleicht schon genügen, um die Armee des Königs in die Flucht zu schlagen.

In der Nacht schleichen ein paar Zombies, Skelette und Creeper um die Mauern herum, ohne Schaden anzurichten. Ein übereifriger Bogenschütze attackiert sie mit Pfeilen. Ich will ihm Einhalt gebieten, schließlich haben wir nicht unbegrenzt viele Pfeilspitzen, doch Platon weist mich darauf hin, dass solche Schießübungen durchaus nützlich sind und das Selbstbewusstsein der Knollnasen stärken können. Tatsächlich ist der Jubel groß, als der Bogenschütze es schafft, mit ungefähr zwanzig Schüssen einen Zombie zu töten.

Am nächsten Tag kommen noch mehr Freiwillige. Inzwischen passen sie trotz der Erweiterung nicht mehr in unsere Festung, doch wir sparen uns die Mühe, weitere

Mauern zu bauen. Der König muss längst wissen, dass wir hier sind, doch er greift nicht an. Vielleicht hat er erkannt, dass er keine Chance hat, und ist geflohen, wie es Tyrannen im Angesicht ihrer Niederlage üblicherweise tun. Aber das ist wohl eine naive Wunschvorstellung. Viel wahrscheinlicher ist, dass er sich ein paar Gemeinheiten für uns ausgedacht hat, sobald wir versuchen, ihn anzugreifen. Denn er weiß ja, dass wir irgendwann die Initiative ergreifen müssen, wenn ich das Tor durchschreiten will.

In der nächsten Nacht schicke ich die am besten ausgerüsteten Soldaten nach draußen vor die Festung, um die dort Lagernden vor Zombies und Skeletten zu schützen. Das erzeugt eine Menge Murren, offenbar haben die Knollnasen große Angst vor den Untoten. Aber ich mache ihnen mit deutlichen Worten klar, dass sie ein Haufen Angsthasen sind und für den Befreiungskampf gegen den Tyrannen völlig untauglich, wenn sie es nicht einmal mit ein paar Zombies aufnehmen können.

Die Nacht verläuft besser als befürchtet: Mindestens zwei Dutzend Zombies und Skelette werden getötet, und nur drei Knollnasen verlieren ihr Leben, als sich ein Creeper hinterhältig anschleicht.

Am Mittag des dritten Tages haben wir bereits eine stattliche Armee zusammengestellt. Sie besteht aus etwa hundert Soldaten, die mit Eisenschwertern und Rüstungen ausgestattet sind, zwei Dutzend Bogenschützen sowie gut dreihundert Knollnasen, deren Bewaffnung lediglich aus Steinschwertern besteht, da diese am schnellsten herstellbar sind.

„Ich glaube, wir können jetzt einen Angriff riskieren“, sagt Platon. „Die Armee des Königs ist uns zahlenmäßig unterlegen, und ich hege die Hoffnung, dass viele seiner Soldaten im Angesicht der Übermacht und aufgrund seiner Gräueltaten überlaufen werden. Vielleicht kannst du ihn dann im Duell stellen."

„Ich weiß nicht", sage ich. „Mir gefällt es nicht, dass er keinerlei Anstalten gemacht hat, uns anzugreifen."

„Mir auch nicht", gibt Platon zu. „Aber wir können hier nicht ewig herumsitzen und abwarten. Während wir immer mehr schlecht ausgebildete Rekruten um uns versammeln, kann er weitere Verteidigungsmaßnahmen ergreifen. Ich bin nicht sicher, ob wir in diesem Wettlauf vorn liegen."

„Du hast wahrscheinlich recht. Also schön, greifen wir an!"

Ich setze meinen Kürbishelm auf, was bei den Knollnasen mit Jubel quittiert wird. Dann führe ich die Armee aus der Festung und den Hügel hinab in Richtung der großen Stadt. Die Stadtmauern sind unbewacht, die Stadttore stehen offen. Das sieht nach einer Falle aus. Während Platon mit der Armee in sicherer Entfernung vor der Stadt wartet, grabe ich einen Tunnel unter der Mauer hindurch. Doch als ich durch die Straßen voller ausgebrannter Hausruinen streife, sind sie leer. Keine Soldaten, die im Hinterhalt lauern, keine jammernden Überlebenden. Eine gespenstische Stille liegt über der toten Stadt.

Nachdem ich zu Platon zurückgekehrt bin und berichtet habe, führen wir die Armee gemeinsam durch die Ruinen zum Palast des Königs. Auf dem großen Platz mit der Statue treffen wir endlich auf Widerstand. Drei Dutzend Soldaten haben sich vor dem Eingangstor des Palastes postiert. Sie werden von vier Golems flankiert.

Ich befehle meinen Truppen, zu warten, und marschiere allein auf den Anführer der Königstruppen zu, der eine goldene Rüstung trägt.

„Ich bin Kürbismann, Kämpfer für Freiheit und Gerechtigkeit“, sage ich feierlich. „Ich bin gekommen, um den Tyrannen zu stürzen und dem Volk Frieden und Freiheit zu bringen.“

„Ha!“, erwidert der Anführer. *Da könnte ja jeder kommen.*

„Ich bin aber nicht jeder!“, stelle ich klar und nehme den Kürbis ab. Als die Soldaten sehen, dass ich genauso aussehe wie ihr König, rufen sie aufgeregt durcheinander.

„Hört mir zu, Soldaten! Ihr habt eurem König treu gedient. Und was hat er zum Dank getan? Er hat eure Stadt niedergebrannt, eure Brüder und Schwestern, Eltern und Kinder niedergemetzelt. Und nun verlangt er von euch, dass ihr euer Leben opfert, damit er weiterhin seine Schreckensherrschaft aufrechterhalten kann. Wollt ihr das etwa?“

Die Soldaten murmeln durcheinander. Ich kann nicht alles lesen, was sie sagen, aber es ist deutlich, dass sie mit der Gesamtsituation unzufrieden sind.

„Ich fordere euch auf, euch unserem Widerstand gegen den Tyrannen anzuschließen. Dann werden wir seine Herrschaft noch heute beenden, und niemand wird verletzt. Weigert ihr euch aber, dann werden wir euch alle töten. Wir sind zehnmal so viele wie ihr. Euer Tod wäre ebenso sinnlos wie der jener tapferen Aufständischen, die ihr tötet. Also, was sagt ihr?“

Wieder erklingt aufgeregtes Gemurmel. Es wird deutlich, dass die Soldaten große Angst vor mir und meiner

Armee haben, doch ihre Angst vor der Rache des Königs scheint mindestens ebenso groß zu sein.

„Platon, ich glaube, ich brauche deine Hilfe", rufe ich.

„Es ist wohl an der Zeit, eine Fabel zu erzählen", sagt er, an die Soldaten gerichtet. „Es waren einmal ein Löwe, ein Elefant und eine Schildkröte. Der Löwe hatte den Sohn des Elefanten gefressen, und dieser trat nun vor die Höhle des Untiers, um Rache zu fordern. Der Löwe aber war voller Angst und Feigheit, und so schickte er seine Bedienstete, die Schildkröte, hinaus, um den Elefanten aufzuhalten. ‚Geh mir aus dem Weg', sagte der Elefant. ‚Dein Herr hat meinen Sohn gefressen, und ich bin darüber verstimmt und will mich rächen. Du aber hast mit diesem Konflikt nichts zu tun, daher will ich dich verschonen, wenn du zur Seite trittst.' ‚Aber wenn ich deinem Willen gehorche, Elefant, so widersetze ich mich meinem Herrn, und zur Strafe wird er mich auffressen', erwiderte die Dienerin des Löwen. ‚So bedenke, Schildkröte, dass du die Wahl hast', sagte darauf der Elefant. ‚Widersetzt du dich mir, so werde ich dich zertreten und du stirbst jetzt gleich. Widersetzt du dich deinem Herrn, so stirbst du nur dann, wenn ich den Kampf gegen ihn verlieren sollte.' Die Schildkröte bedachte die Worte des Elefanten, und da sie klüger war, als sie aussah, trat sie zur Seite. Der Elefant aber forderte den Löwen heraus, und nach einem langen Kampf obsiegte er schließlich. So kam die kluge Schildkröte mit dem Leben davon. Sie wurde die Dienstmagd des Elefanten, der ein viel freundlicherer Herr war als der Löwe, und diente ihm viele Jahre glücklich und zufrieden."

„Hä?", rufen mehrere Soldaten. *Was ist denn ein Löwe? Und ein Elefant? Und eine Schildkröte?*

„Geht mir aus dem Weg, ihr hirnlosen Kartoffelnasen, oder ich werde euch persönlich in Stücke hauen!“, brüllt Platon und fuchtelt mit dem Schwert.

Das schüchtert die Soldaten so sehr ein, dass sie den Weg zum Tor des Palastes freigeben. Doch bevor wir darauf zu marschieren und die doppelte Eisentür einschlagen können, öffnet sich diese, und der König tritt heraus. Er trägt eine Diamantrüstung.

„Ihr jämmerlichen Waschlappen!“, schimpft er. „Glaubt ihr wirklich, der Tod ist schlimmer als das, was ich euch antun werde?“ Seine Stimme hallt unnatürlich laut über den Platz.

Er starrt mich an, und seine Augen glühen plötzlich, als lodere in seinem Kopf eine weißglühende Flamme des Zorns. Entsetzen packt mich, als ich begreife, wer mir dort gegenübersteht.

„Herobrine!“, flüstere ich.

34.

„Ja, Herobrine."

Die Stimme scheint in meinem Kopf zu sein, als spreche jemand direkt zwischen meinen Ohren.

„Aber ... es gibt dich gar nicht!", protestiere ich. „Du bist bloß eine Legende. Alle angeblichen Sichtungen von dir auf Youtube und in Foren sind Fakes. Notch selbst hat mehrfach gesagt, dass es keinen Herobrine gibt, nie gegeben hat und nie geben wird."

„Und doch stehe ich hier vor dir."

Diese Augen! Sie hypnotisieren mich mit ihrem Glanz. Ich kann weder wegsehen noch mich bewegen.

„Lass es uns hier und jetzt entscheiden", sagt Herobrine. Jetzt erklingt seine Stimme wieder wie Donnerhall über den Platz. „Komm in meinen Palast und stelle dich mir zum Kampf. Nur du und ich, Diamantschwerter und Rüstungen, sonst nichts."

„Geh nicht darauf ein!", warnt Platon. „Das ist eine Falle!"

„Du hältst mich wohl für blöd!", will ich rufen, doch es ist eher ein Krächzen, so als drücke mir jemand die Kehle zu.

„Deine eigenen Soldaten haben sich von dir abgewendet, Tyrann", sagt Platon. „Nun versuchst du angesichts der erdrückenden Übermacht, deinem Tod zu entgehen. Aber du hast dein Recht auf eine faire Behandlung verwirkt!"

Herobrine lacht. „Übermacht? Welche Übermacht? Etwa die paar Knollnasen da? Mit denen wollt ihr mich besiegen? Ernsthaft?"

Unter den Aufständischen breitet sich Unruhe aus.

„Du kannst uns keine Angst mehr machen!", behaupte ich.

„Wirklich nicht?" Herobrine tritt zur Seite. Ein vielstimmiges schrilles Pfeifen ist zu hören, als aus dem Eingang des Palastes dichter schwarzer Rauch dringt. Nein, kein Rauch: Es ist ein riesiger Schwarm Fledermäuse. Sie schwirren über den Platz und um die Köpfe der Aufständischen wie wild gewordene Hornissen. Die erschreckten Knollnasen laufen in Panik durcheinander. Manche versuchen, die Fledermäuse mit Schwertern und Pfeilen zu bekämpfen, doch erreichen sie damit nichts, außer sich gegenseitig zu verletzen.

Herobrine lacht schallend. „Sieh sie dir an, deine Übermacht! Sie rennen vor ein paar harmlosen Fledermäusen davon!"

„Für die Freiheit!", rufe ich, ziehe mein Schwert und stürme auf Herobrine zu.

„Ha!", ruft einer der Soldaten, dann ein weiterer, und schließlich immer mehr, bis der ganze Platz davon widerhallt. *Für die Freiheit!*

„Tsss", macht Herobrine und schüttelt mitleidig den Kopf. „Also schön, ihr wollt es ja nicht anders. ERHEBT EUCH!"

Die letzten beiden Worte ruft er mit einer Stimme, die wie eine Mischung aus dem Grölen eines Heavy Metal-Sängers und dem dumpfen Grollen eines Erdbebens klingt. Im selben Moment beginnt der Boden unter mir zu schwanken. Risse entstehen, und wo vorher noch solide Steinblöcke waren, ziehen sich plötzlich tiefe Spalten quer über den Platz. Dutzende Rebellen und Soldaten stürzen in die Tiefe. Als wäre das noch nicht schlimm genug, klettern dunkle Skelette aus den Spalten hervor und beginnen, mit ihren langen Schwertern auf jeden einzuhacken, der sich nicht rechtzeitig in Sicherheit bringt. Zu allem Überfluss schweben auch noch ein halbes Dutzend Wither aus dem Untergrund empor. Die Bossmonster schießen Schädel umher wie Kanonenkugeln.

Die Rebellen und Soldaten, die nicht sofort niedergemetzelt werden, fliehen in Panik. Nur Platon und ich wehren uns tapfer, doch es ist offensichtlich, dass wir keine Chance haben. Übelkeit und Schwindel befallen mich, als ich mehrere Treffer erleide und der Withereffekt zu wirken beginnt. Im Nu sinkt meine Lebensenergie auf nahezu null.

„HALT!", ruft Herobrine. Augenblicklich halten sämtliche Witherskelette und Wither inne. „Wir wollen doch nicht, dass unserem Zuckerpüppchen etwas geschieht und er in seinem Geheimversteck respawnt, nicht wahr?"

Er kommt mit schnellen Schritten auf mich zu. Ich platziere einen Block TNT auf dem Boden, doch bevor ich ihn anzünden kann, nimmt ihn mir Herobrine weg. Er schüttelt den Kopf.

„Willst du dich etwa aus dem Staub machen, du kleiner Feigling?"

„Gilt ... gilt dein Angebot noch?", krächze ich. „Nur du und ich, in einem fairen Duell?"

„Wie sagte der Grieche noch gleich? ‚Deine eigenen Soldaten haben sich von dir abgewendet. Nun versuchst du angesichts der erdrückenden Übermacht, deinem Tod zu entgehen. Aber du hast dein Recht auf eine faire Behandlung verwirkt!'" Er lacht. „Aber ich bin ja kein Unmensch. Ich stehe zu meinem Wort. Ein Duell, nur du und ich. Gewinnst du, werde ich dich nicht mehr daran hindern, durch das Tor in der Pyramide zu gehen. Gewinne ich, bleibt meine Herrschaft für immer bestehen und du schwörst, nie mehr eine Waffe gegen mich zu erheben oder zum Widerstand gegen meine Herrschaft aufzurufen. Deal?“

„Vertrau ihm nicht!“, sagt Platon. Er zieht sein Schwert und holt aus, um nach mir zu schlagen, doch bevor er mich verletzen kann, streckt ihn Herobrine mit einem einzigen Schwerthieb nieder.

„Platon!“, rufe ich, doch es ist zu spät – die bärtige Gestalt löst sich in Rauch auf.

„Ich war sein Gequatsche ohnehin leid“, sagt Herobrine. „Du nicht auch?“

„Also gut“, sage ich. „Deal!“

Er lacht leise. „KOMMT!“ befiehlt er.

Ein Dutzend Witherskelette umringen mich. Mir bleibt nichts anderes übrig, als meinem Widersacher ins Innere des Palasts zu folgen. Doch anstatt im Thronsaal seine Waffe gegen mich zu ziehen und mit dem Duell zu beginnen, führt er mich durch eine Seitentür und eine schmale Wendeltreppe hinab. Sie ist so eng, dass nur ein Witherskelett vor und eines hinter mir hinunterklettern können. Ich überlege, ob ich die Gelegenheit zu einem Überraschungsangriff nutzen soll. Aber zwei Skelette auf einmal würde ich kaum überwältigen können, und dann wäre da immer noch Herobrine. Die Chance, dass er sich an sein Wort hält, ist zwar gering, aber vielleicht kann ich ihn ja im Zweikampf töten. Auf jeden Fall scheint er eine große Klappe zu haben, das ist womöglich meine einzige Chance.

Endlich erreichen wir den Boden der Wendeltreppe. Ein Gang führt ein paar Dutzend Blöcke geradeaus, dann geht es eine weitere Treppe nach oben. Sie führt ins Innere der

Pyramide. In der Mitte wabert immer noch das Sternenlicht-Portal, zum Greifen nah und doch unerreichbar fern, denn es ist nach wie vor von einem tiefen Graben umgeben, dessen Boden mit Schleimblöcken gepolstert ist.

„Nein!", rufe ich, als ich begreife, was Herobrine vorhat.

Ich ziehe mein Schwert und stürze mich auf das nächste Witherskelett. Obwohl ich wie wild darauf einhacke, wehrt sich das Monster nicht, sondern drückt mich nur mit seiner Körpermasse in Richtung des Grabens. Auch die anderen Skelette drängen nun von allen Seiten auf mich ein. Ich wehre mich verzweifelt und töte eines der Skelette, doch die anderen drücken mich unaufhaltsam auf den Rand des Abgrunds zu.

„Du Mistkerl!", rufe ich verzweifelt. „Du hast es geschworen!"

„Und ich halte mein Wort!", erwidert Herobrine hämisch. „Aber wir haben noch keinen Zeitpunkt für das Duell ausgemacht, oder? Ich denke, in ein paar Jahren können wir darüber reden, wenn ich bis dahin des Regierens überdrüssig geworden bin. Jetzt kommst du erst mal in die Gummizelle, wo du hingehörst!" Er lacht schallend, als mich die Witherskelette über den Rand schieben.

Ein paar Mal pralle ich von den elastischen Schleimblöcken ab, bevor ich zur Ruhe komme. Währenddessen schiebt sich die Decke aus Bedrock knirschend über mich und versiegelt mein Gefängnis wie ein Grab.

„Du elender Mistkerl! Komm zurück!", brülle ich, doch ich erhalte keine Antwort.

35.

Amelie schreckt hoch und blickt sich um. Die Leuchtziffern des Weckers neben ihrem Bett erinnern sie daran, dass sie in ihrem Zimmer ist. Es ist halb sechs morgens. Dunkle Träume verblassen in ihrer Erinnerung. Da waren schwarze, schlanke Gestalten mit leuchtenden Augen und grüne Kastenwesen in weißen Kitteln, die sie verfolgten.

Gestern hat sie den halben Tag an Markos Bett verbracht und die andere Hälfte an Dr. Neumanns Computer. Er hat sogar Minecraft für sie gekauft und installiert. Das Spiel machte überraschend viel Spaß, und während sie ihr erstes Haus baute und das erste Mal vor einem Creeper floh, vergaß sie für einen Moment, wo sie war. Doch dann fiel ihr wieder ein, dass Marko in dieser Welt gefangen ist, und sie schämte sich dafür, dass sie sich amüsierte, während er um sein Leben kämpfte.

Als ihre Mutter ins Krankenhaus kam, erzählte Amelie ihr, was geschehen war. Mama entschuldigte sich ungefähr hunderttausendmal dafür, dass sie auf den falschen Polizisten hereingefallen war. Dann sprach sie lange mit Frau Leyenbrink. Währenddessen saß Amelie an Markos Bett. Irgendwann forderte ihre Mutter sie auf, mit nach Hause zu kommen. Da sie nach den Strapazen der letzten Tage todmüde war, leistete sie kaum Widerstand.

Jetzt allerdings hat sie das quälende Gefühl, dass Marko sie braucht. Sie liegt eine Weile in der Dunkelheit und versucht, sich einzureden, dass er bei den Ärzten in guten Händen ist. Doch das Gefühl in ihrem Bauch lässt sich nicht mit Argumenten verdrängen. Sie steht auf, zieht sich leise an und schleicht aus der Wohnung. Sie hatte ihrer Mutter versprochen, heute zur Schule zu gehen, doch Marko ist jetzt wichtiger.

Es gelingt ihr, die Stationsschwester im Krankenhaus davon zu überzeugen, dass sie Amelie außerhalb der Besuchszeiten in Markos Zimmer lässt. Er liegt reglos mit geschlossenen Augen da wie immer. Wie friedlich er aussieht!

„Marko!“, flüstert sie.

Seine Lippen bewegen sich leicht.

Amelies Herz hat einen Aussetzer. „Marko? Was hast du gesagt?“

„Du elender Mistkerl!“, flüstert er. „Komm zurück!“

„Marko!“, ruft sie und rüttelt an seiner Schulter, doch er rührt sich nicht. Sie beugt sich vor, legt ihr Ohr dicht an sein Gesicht. Nur das leise Geräusch seines Atems ist zu hören.

„Marko“, flüstert sie. „Oh, Marko!“ Mit tränenverschleierten Augen gibt sie ihm einen Kuss.

Er schlägt die Augen auf. „Amelie?“

„Marko!“

„Du bist hier!“, sagt er.

„Ja, ich bin hier!“, antwortet sie. „Kannst du mich sehen?“

Sein Blick scheint durch sie hindurchzugehen.

„Er hat mich hereingelegt.“

„Du meinst Dr. Johannsen? Der ist jetzt im Gefängnis.“

„Herobrine. Er hat mich eingesperrt. Ich kann hier nicht raus.“

Ihre Freude darüber, dass er aufgewacht ist, verrinnt wie Tränen im Sand. Seine Augen sind offen, doch er sieht weiterhin nur seine Traumwelt.

„Marko, sieh mich an! Du bist nicht in Minecraft! Du bist hier im Krankenhaus!"

Doch sein Blick bleibt in die Ferne gerichtet, als er zwei Worte sagt, die Amelie zutiefst erschrecken: „Töte mich!"

36.

Ich kann das Portal nicht sehen, aber ich höre sein pulsierendes Brummen gedämpft durch die Decke aus Bedrock – so nah und doch so fern. Mein Inventar ist leer bis auf das Schwert und meine Diamantrüstung, die hier ungefähr so viel nützen wie ein Pelzmantel im Schwimmbad.

Ich versuche, mich mit der Hoffnung zu trösten, dass mich Platon retten wird, so wie damals in der Höhle der Riesenspinne. Er könnte wieder aus dem Gefängnis ausbrechen, erneut einen Aufstand der Knollnasen anzetteln, Herobrine gefangen nehmen, ihn dazu zwingen, dieses Gefängnis zu öffnen ... Doch man muss kein Minecraft-Experte sein, um zu erkennen, dass das völlig unmöglich ist. Eher lernt ein Creeper Breakdance, als dass die Stadtbewohner eine Armee aus Witherskeletten besiegen.

Ich habe verloren. Game over.

Kaum habe ich das gedacht, habe ich das Gefühl, als ob etwas meine Lippen berührt. Dabei habe ich in dieser Welt doch gar keine! Vor mir erscheint Amelie, oder besser gesagt ihre Minecraft-Version, wie ein Gespenst, das zuerst ganz durchsichtig ist und allmählich Substanz annimmt.

Kann man in einer Halluzination Halluzinationen haben?

„Amelie?", frage ich unsicher.

„Marko!" Sie starrt mich mit ihren großen Pixelaugen an.

„Du bist hier!", stelle ich verwundert fest.

„Ja, ich bin hier! Kannst du mich sehen?"

„Er hat mich hereingelegt", erkläre ich.

„Du meinst Dr. Johannsen? Der ist jetzt im Gefängnis."

„Herobrine. Er hat mich eingesperrt. Ich kann hier nicht raus."

„Marko, du bist in einem Krankenhaus!", ruft Amelie. Ihre Stimme klingt, also ob sie weinen muss, aber ihr Pixelgesicht zeigt keine Tränen. „Sieh mich an! Du bist nicht in Minecraft! Du bist hier!"

„Töte mich!", bitte ich und lege das Diamantschwert vor ihr auf den Boden.

Sie starrt mich stumm an. Das Gesicht ihrer Minecraft-Figur ist ausdruckslos wie immer, aber ich kann spüren, dass sie geschockt ist. Mir wird bewusst, wie sich das, was ich gerade gesagt habe, für Amelie anhören muss, die noch nie Minecraft gespielt hat und in der Wirklichkeit an meinem Krankenbett sitzt.

„Ich meine natürlich nicht richtig", erkläre ich rasch. „Du musst mich hier in Minecraft töten. Dann respawne ich außerhalb des Gefängnisses, in das mich dieser Mistkerl gesperrt hat."

Es dauert einen Moment, bis sie diese Informationen verarbeitet hat.

„Welcher Mistkerl?", fragt sie.

„Herobrine. So ein Typ, der aussieht wie ich, aber leuchtende Augen hat. Ein böser Geist, der angeblich in Minecraft herumspukt. In Wirklichkeit gibt es ihn gar nicht, aber er ist trotzdem hier."

„Sollte ich dann nicht lieber diesen Herobrine töten?"

„Das ist nicht so einfach. Er ist sehr mächtig und hat eine Armee aus Monstern. Außerdem sind wir beide an einem absolut sicheren Ort eingesperrt."

„Also gut. Was soll ich tun?"

„Du musst mich mit dem Schwert erschlagen."

„Mit welchem Schwert?"

Ich seufze. Mädchen muss man aber auch alles erklären! Dann wird mir klar, dass sie nicht sehen kann, was in der Würfelwelt ist, so wie ich nicht erkennen kann, was sie sieht. Was hat noch Dr. Neumann getan, als er mir Schmerzen zufügen wollte? In der Würfelwelt sah es aus, als zöge er plötzlich ein Schwert und schlüge mich damit.

„Gib mir eine Ohrfeige!“, bitte ich Amelie.

„Bist du sicher?“

„Ja.“

„Okay.“ Das Schwert verschwindet vom Boden und materialisiert in ihrer Hand. Ein Stromstoß durchzuckt mich, als sie mich damit schlägt, doch die Diamantrüstung fängt den größten Teil des Schadens ab.

„Moment!“, sage ich und lege die Rüstung in mein Inventar. „Jetzt noch einmal. Und etwas kräftiger bitte!“

Erneut saust das Schwert herab, und diesmal spüre ich nicht nur den Elektroschock, sondern auch einen Schmerz auf meiner linken Wange. Dann wird es schwarz um mich.

Kurz darauf wache ich in meinem Bett in der Hütte auf. Noch besser: Amelie ist immer noch bei mir! Wie stark Herobrine auch sein mag, gemeinsam mit ihr kann ich jede Gefahr meistern!

„Danke!“, sage ich.

„Das ist das erste Mal, dass sich jemand bei mir für eine Ohrfeige bedankt.“

„Du hast mich gerettet!“ Am liebsten würde ich sie zum Dank küssen, aber in Minecraft ist das schwierig.

„Noch nicht“, erwidert sie. „Erzähl mir erst einmal, was passiert ist.“

Als ich von meinen Abenteuern berichte, stelle ich verblüfft fest, dass sie schon weiß, was Creeper und Endermen sind.

„Ich habe mich im Internet informiert, ein paar Let's Play-Videos gesehen und selbst ein bisschen Minecraft gespielt", erklärt sie, als ich sie danach frage.

Sie hat Minecraft gespielt! Extra für mich! Wie toll wäre es, wenn wir am Computer gemeinsam durch die Würfelwelt streifen könnten! Doch dazu muss ich erst mal richtig aufwachen – und mich vergewissern, dass all das nicht bloß ein Traum ist.

„Also, was ist passiert, nachdem du diesen Grompf getroffen hast?"

„Gronkh. Wir haben eine unterirdische Festung entdeckt. Da war eine Höhle mit einem riesigen Steingesicht, das aussah wie du ..."

Während ich rede, erscheint plötzlich eine neue Figur in meiner kleinen Behausung: eine Knollnase mit weißem Kittel.

„Hallo Dr. Neumann", sage ich.

„Du kannst mich sehen?", fragt er überrascht.

„In gewisser Weise", erkläre ich. „Sie sehen immer noch aus wie ein Dorfbewohner mit Kartoffelnase und weißem Kittel."

„Hm. Das ist bemerkenswert ... Ich habe noch jemanden mitgebracht. Kannst du sie auch sehen?"

Eine weitere Kastenfigur erscheint. Sie ähnelt Amelie, doch hat sie andere Haare und wirkt irgendwie älter, ohne dass ich genau sagen könnte, warum.

„Mam?"

„Oh Marko!", schluchzt die Figur. Sie schiebt Amelie beiseite und rempelt mich an wie ein attackierender Zombie. Doch es fühlt sich warm und weich an, und ich kann ihren Duft riechen. Eine Weile hält sie mich einfach nur ganz fest. Ich schließe meine Augen und fühle mich wie ein kleines Kind. Als ich sie schließlich wieder öffne, ist ihr grobes Pixelgesicht dicht vor meinem.

„Kannst du mich sehen?"

„Ich sehe dich so, wie du in Minecraft aussehen würdest", erkläre ich.

„Dr. Neumann hat es mir erklärt. Aber ich kann nicht behaupten, dass ich es verstünde."

„Ich auch nicht. Ich weiß nicht einmal genau, ob du jetzt wirklich bei mir bist oder ob ich das alles auch nur träume."

Sie schluchzt. Dann sagt sie mit tränenerstickter Stimme: „Ich bin bei dir, mein Sohn. Ich werde immer bei dir sein, was auch passiert!"

Nicht, dass das viel nützen würde. Mam kann sicher noch weniger gegen Herobrine ausrichten als Amelie. Aber es fühlt sich trotzdem gut an. Ich fahre fort, von meinen Abenteuern in der Würfelwelt zu berichten. Als ich schließlich von meiner Begegnung mit dem tyrannischen König und der Entdeckung des Portals in der Pyramide erzähle, schaltet sich Dr. Neumann ein.

„Kannst du mir das Portal genauer beschreiben?"

„Es ist eine Art Tor, ein Rechteck aus Obsidianblöcken. In der Mitte ist eine glitzernde schwarze Fläche, die sich wellenartig bewegt. Es sieht aus wie Wasser, in dem sich Sterne spiegeln."

„Und du glaubst, dass dich dieses Tor zurück in die Wirklichkeit führt?"

Jetzt, wo er mich danach fragt, bin ich nicht mehr so sicher. Herobrine hat das zwar bestätigt, aber dem kann ich gar nichts glauben.

„Jedenfalls führt es aus dieser Welt heraus."

„Dieser Herobrine will nicht, dass du hindurchgehst?"

„Nein. Wenn ich aufwache, dann hört seine Welt auf zu existieren, und damit auch er."

„Marko, du bist dir bewusst, dass Herobrine nur ein Teil von dir ist, oder?"

„Ja, natürlich. Ich weiß, dass das alles nur in meinem Kopf existiert. Er muss so etwas wie das Böse in mir sein."

„Dann wäre er höchstens ein hässlicher Zwerg, aber kein mächtiger König mit einer ganzen Armee", wendet Amelie ein. „So viel Böses kann nicht in dir sein!"

„Amelie hat recht", stimmt Mam zu. „In dir steckt kein Tyrann."

„Aber woher kommt er dann?", frage ich. „Denkt ihr, dass er ein Teil von Dr. Johannsen ist? Oder dass es noch jemand anderen in der wirklichen Welt gibt, der mir Böses will?"

„Das glaube ich nicht", sagt Dr. Neumann. „Ich bin kein Psychiater, aber ich vermute, dass dieser Herobrine ein Teil deiner eigenen Persönlichkeit ist. Etwas ist in dir, das nicht will, dass du aufwachst."

„Aber warum sollte ein Teil von mir das nicht wollen?"

„Ich kann nur spekulieren", meint die Knollnase im weißen Kittel. „Du spielst gern Minecraft, oder?"

„Ja, sehr gern. Es ist das beste Computerspiel, das es gibt."

„Hast du dir schon einmal gewünscht, richtig in dem Spiel zu sein? So, wie du es jetzt bist?"

„Das wünscht sich vermutlich jeder Computerspieler irgendwann mal. Wenn es dann allerdings wirklich passiert, ist es nicht so toll, wie man es sich vorstellt."

„Nichts ist gefährlicher als Träume, die in Erfüllung gehen", sagt Dr. Neumann philosophisch.

„Sie glauben, dass ein Teil von mir für immer hierbleiben will, weil es ihm in der Würfelwelt so gut gefällt?“

„Wäre das möglich?“, fragt der Arzt zurück.

Ich denke einen Moment darüber nach.

„Ja, vielleicht. Aber was soll ich nun tun?“

„Du musst dich deinem unbewussten Wunsch stellen.“

„Sie meinen, ich muss Herobrine gegenübertreten?“

„Ja. Wenn ich recht habe und er deinen Wunsch symbolisiert, für immer zu träumen, dann kannst du nur aufwachen, wenn du ihn überwindest. Ich denke, das ist es, was dein Unterbewusstsein dir mit dem Tor und dem tyrannischen König sagen will.“

„Aber warum kann ich dann nicht einfach hier und jetzt aufwachen? Ich will es doch!“

„Das, was wir zu wollen glauben, ist nicht immer das, was wir wirklich wollen“, sagt Dr. Neumann. „Das Gehirn ist ein vielschichtiges Gebilde. Tief in jedem Menschen stecken verborgene Sehnsüchte, die unser Handeln stärker beeinflussen, als uns klar ist. Wir halten uns für rational, doch in Wirklichkeit sind wir von unserem Unterbewusstsein gesteuert. Nur selten wird das so deutlich wie in deinem Fall. Ich fürchte, es führt kein Weg daran vorbei: Du musst diesen Herobrine besiegen, und zwar nach den Regeln der Welt, die du dir selbst geschaffen hast.“

„Und wenn ich das nicht schaffe?“

„Dann wird dein unbewusster Wunsch, weiter zu träumen, die Oberhand behalten und du wirst vielleicht nie richtig aufwachen.“

37.

„Also gut, dann mache ich mich am besten gleich auf den Weg!"

Kaum habe ich die Worte ausgesprochen, werden die Figuren in meiner Hütte durchsichtig.

„Halt, geht nicht weg!", flehe ich.

„Marko? Was ist denn? Niemand geht weg!", ruft Mam. Doch ihre Stimme wird bereits schwächer.

Ich strecke die Arme nach ihr aus, will sie festhalten, doch selbst wenn ich Hände hätte, ist da nichts mehr, wonach ich greifen könnte. Von weitem höre ich leise Stimmen, wie Flüstern im Wind: „Wir verlieren ihn." „Oh nein, bitte tun Sie doch etwas!" „Marko! Marko!"

Ich kämpfe die Trauer und den Frust in mir nieder und ersetze sie durch grimmige Entschlossenheit. Mein Unterbewusstsein will also, dass ich für immer hier bleibe, einsam und verlassen? Mein Unterbewusstsein kann was erleben!

Als erstes crafte ich mir neue Ausrüstung: TNT, Ersatzschwert und Rüstung, Spitzhacken und ein paar Heiltränke. Das dauert mehrere Minecraft-Tage, denn dafür sind einige Abstecher in den Nether nötig. Ich stelle außerdem eine neue Lederrüstung her und besorge mir einen neuen Kürbis. Als ich mich endlich gut genug gerüstet fühle, setze ich den Kürbis auf und mache mich zum dritten Mal auf den Weg in die große Stadt.

Unterwegs komme ich an mehreren Dörfern vorbei, doch die Dorfbewohner wenden sich ab, wenn sie mich sehen, so als wäre ihnen meine Anwesenheit peinlich. Herobrine hat es offenbar geschafft, den Kampfgeist der Knollnasen zu ersticken. Ich werde ihm ganz allein gegenübertreten müssen. Als ich den Hügel mit der Festung erreiche, die für kurze Zeit das Zentrum der Rebellion war, ist sie leer. Keine Spur von Platon oder einer Armee von Aufständischen.

Auch die zerstörte Stadt scheint verlassen zu sein. Sicherheitshalber betrete ich die Ruinen nicht, sondern grabe mich unter der Stadtmauer hindurch in Richtung des Königspalastes.

Nach einer Weile höre ich vor mir das Klappern von Skelettknochen. Ich entferne die beiden Blöcke vor mir und blicke in das Innere der riesigen Höhle. Die schwarze Pyramide ragt vor mir auf wie ein Berg. Rund um ihre Basis hat sich eine gewaltige Streitmacht von Witherskeletten und Withern versammelt. Auf der Spitze der Pyramide steht Herobrine in seiner Diamantrüstung. Trotz der Entfernung kann ich das Leuchten seiner Augen erkennen. Er winkt mir zu.

„Du bist wirklich hartnäckig, das muss man dir lassen!", erklingt seine Stimme direkt in meinem Kopf.

„Wir beide haben eine Verabredung zum Duell!", erwidere ich so ruhig ich kann. „Und diesmal bestimme ich den Zeitpunkt!"

„Ach ja? Dann komm doch her und hol mich!"

„Das werde ich, und wenn ich deine gesamte Witherskelettarmee in Stücke hauen muss!", rufe ich und zücke mein Schwert.

„Lass den Unfug!", erwidert er. „Du wirst kämpfen, verlieren, respawnen, wiederkommen, kämpfen, verlieren ... Willst du das etwa?"

„Nein, das will ich nicht! Ich will endlich aufwachen! Und ganz egal, was Du anstellst, du wirst mich nicht daran hindern, du Fake!"

„Ist das so? Wenn du wirklich aufwachen wolltest, dann wärst du doch schon längst aufgewacht! Dann wäre ich bei Weitem nicht so mächtig und du nicht so eine armselige Gestalt. Du hast das *Auryn* gefunden. Und was hast du damit gemacht? Statt die Augen zu öffnen, hast du sie noch fester geschlossen und dir deine eigene Welt geschaffen. Und damit du auch ja nie wieder daraus entkommen kannst, hast du das Amulett ins Meer geworfen. Verhält sich so etwa jemand, der aufwachen will?“

Ich spüre Tränen über meine Wangen rinnen. Ich weiß, dass es nicht sein kann, aber es passiert tatsächlich! Kleine blaue Pixel tropfen an meinem Kastenkörper herab. Ich kann sogar ihr leises Plätschern hören, wenn sie auf dem Boden auftreffen.

„Och, der Arme weint!“, höhnt Herobrine. „Und das solltest du auch, Heulsuse! Denn ich weiß ganz genau, warum du nicht aufwachen willst. Zugegeben, diese Welt ist ziemlich cool, aber das ist nicht der wahre Grund, hab ich recht? In Wirklichkeit hast du ganz einfach Angst davor, aufzuwachen!“

„Warum ... sollte ich ... davor Angst haben?“ Die Worte bleiben mir fast im Hals stecken.

„Nun tu nicht so, als ob du das nicht wüsstest! Vergiss nicht, dass ich ein Teil von dir bin! Ich kenne deine geheimsten Gedanken. Ich weiß genau, dass du dich davor fürchtest, enttäuscht zu werden. Du hast Angst, dass du aufwachst und sie ist nicht da. Weil sie nämlich in Wirklichkeit überhaupt nichts von dir wissen will. Sie war nett zu dir, weil du sie vor ihrem Stiefvater gerettet hast, aber das war's auch.“

„Unsinn!“, protestiere ich. „Amelie hat dafür gesorgt, dass ich aus der Klinik ins Krankenhaus gekommen bin und

Dr. Johannsen verhaftet wurde. Glaubst du, das hätte sie getan, wenn sie ... wenn sie mich nicht ..."

Ich bringe es nicht fertig, es auszusprechen.

„Wenn sie dich nicht liebte?", vollendet Herobrine für mich den Satz. „Schon möglich. Aber woher weißt du denn, dass sie es wirklich getan hat? Du glaubst, du hast mit ihr gesprochen. Aber du hast nur eine Minecraft-Figur von ihr gesehen, eine Halluzination, mehr nicht. Wenn du wirklich nicht mehr in Dr. Johannsens Klinik wärst, dann hätten dich die Ärzte schon längst aus dem Koma geholt, meinst du nicht auch?"

„Dr. Neumann ... hat gesagt, ich muss ... muss dich ..." Jedes Wort kostet mich so viel Kraft, als müsste ich einen Sack Zement stemmen.

„Dr. Neumann? Die Knollnase mit dem weißen Kittel etwa? Du glaubst einem Dorfbewohner?"

„Er ist ... kein Dorfbewohner ..."

„Na klar. Er ist natürlich ganz real, genau wie Pixel-Amelie und Pixel-Mama. So real wie ich und die Witherskelette, wie Platon und Concrafter und Gronkh. So echt wie Minecraft-Riesenspinnen, eine Stadt voller Untoter und ein Amulett, das überhaupt nicht in diese Geschichte gehört!"

Ich weiß nicht, was ich darauf antworten soll. Herobrines Worte lähmen mich wie eine der Betäubungsspritzen von Schwester Christa.

„Ist es nicht merkwürdig, dass sie nicht mehr bei dir ist, ausgerechnet jetzt, wo du sie am dringendsten brauchst?", fährt er fort. „Deine Fantasie reicht nicht mal aus, um dir vorzustellen, dass sie dir helfen würde. Weil du genau weißt, dass ich recht habe! Sie liebt dich nicht, hat dich nie geliebt und wird dich nie lieben! Glaub mir, hier in der

Würfelwelt bist du besser dran als in der harten, kalten Realität!"

„Lügner!" Ich will das Wort brüllen, doch ich bringe nicht mehr heraus als ein Flüstern. Meine Glieder fühlen sich schwer an. Ich kann kaum das Diamantschwert halten. Es ist, als wäre ich voll vom Gift der Witherskelette, obwohl ich noch ein paar Dutzend Blöcke von ihnen entfernt wäre.

Ich mache einen Schritt nach vorn, dann noch einen. Ich weiß, dass ich keine Chance habe, Herobrine und seine Skelettarmee zu besiegen. Vielleicht hat er recht und es ist tatsächlich meine Angst, die sich in dieser Form manifestiert. Doch der Teil von mir, der immer noch Hoffnung hat, so schwach sie auch sein mag, wird nicht aufgeben. Ich werde kämpfen und sterben, respawnen, wiederkommen, kämpfen, genau, wie mein Gegner es vorausgesagt hat. Wenn es sein muss, für immer.

Zögerlich wie ein Soldat, der über ein Minenfeld läuft, gehe ich weiter. Ein Wither schießt einen Skelettkopf in meine Richtung, doch er poltert an mir vorbei über den Boden. Vielleicht war es nur eine Warnung. Mit jedem Schritt werden meine Zweifel größer, so als stiege ich einen Berg hinauf, dessen Hang immer steiler wird, je höher man kommt. Obwohl er längst verstummt ist, scheint Herobrines Stimme in meinem Kopf nachzuhallen: Sie liebt dich nicht ... hat dich nie geliebt ... wird dich nie lieben ...

„Amelie ...", flüstere ich.

„Marko!"

Ich drehe mich überrascht um. Sie steht plötzlich neben mir, doch sie ist nicht allein: Bei ihr ist eine Minecraft-Figur, die überhaupt nicht hierher zu passen scheint. Sie trägt einen blauen Nadelstreifenanzug, komplett mit weißem Hemd und dunkler Krawatte. Das Gesicht ist das eines Dorfbewohners, doch die Knollnase steht nicht hervor, sondern ist nur mit Pixeln angedeutet.

„Wer … ist das?“, frage ich.

„Jemand, den ich in einem Internetforum kennengelernt habe“, erwidert Amelie.

„Ich bin Concrafter“, sagt die Figur im Nadelstreifenanzug. „Amelie meinte, du könntest Hilfe gebrauchen.“

Ich starre ihn ungläubig an. „Concrafter?“

Als ich ihn das letzte Mal sah, saß ich in einem Zugabteil und war in einer Art Endlosschleife meines Traums gefangen. Damals wusste ich nicht, dass ich träume, bis ein Creeper vor unserem Abteil explodiert ist. Und jetzt? Ist wirklich der echte Concrafter hier bei mir? Nein, das kann nicht sein!

„Hat es schon angefangen?“ Eine weitere Figur ist neben mir materialisiert: ein Kastenmann mit Bart, der permanent nach rechts zu schielen scheint, als fühle er sich verfolgt. Er trägt Jeans und ein schwarzes T-Shirt mit weißen Buchstaben darauf: PK.

„Wer ist das denn?“ Nicht ich frage das, sondern Amelie, die ebenso überrascht von der Ankunft des Neuen zu sein scheint.

„Ich hab ein paar Leuten Bescheid gesagt“, erklärt Concrafter. „Ich dachte, es könnte nicht schaden, wenn Marko noch ein bisschen Verstärkung bekommt. Das ist dir doch recht? Das ist übrigens Gronkh.“

„Hi“, sagt Gronkh.

„Äh, hallo, ich bin Amelie“, erwidert sie. „Marko hat mir schon von dir erzählt.“ An Concrafter gerichtet fragt sie: „Ein paar Leuten? Wer kommt denn noch?“

Wie zur Antwort materialisiert eine blassgrüne Figur, die wie eine Kreuzung aus Zombie und Steinzeitmensch aussieht, mit einem aufgerissenen Maul und gelben Knopfaugen.

„Hallo!“, sagt das seltsame Wesen. „Ich bin Ungespielt.“

„Du bist was?“, fragt Amelie.

„Das ist sein Name“, erklärt Concrafter. „Er ist auch sonst ein bisschen merkwürdig.“

„Das musst du gerade sagen!“, erwidert der Neuankömmling.

Die nächste Figur, die unvermittelt auftaucht, ähnelt Gronkh, hat jedoch keinen Bart und statt der Buchstaben eine Reihe weißer Knöpfe auf dem schwarzen T-Shirt. Sie stellt sich als Sarazar vor.

Ich bin kaum noch überrascht, als kurz darauf ein Kastenmann in neongrünem Hemd und angedeutetem Seitenscheitel erscheint.

„Joonge!“, ruft er. „Hier ist ja schon richtig was los! Komme ich etwa zu spät?“ Die Stimme kenne ich aus seinen Videos. Kein Zweifel, das ist Dner.

Wenige Sekunden später erscheinen noch zwei bekannte Youtuber. Der eine trägt einen merkwürdigen dunkelblauen Anzug mit einer bunt gepixelten Brust, die mich an das Bedienfeld eines Roboters aus einem alten Science Fiction-Film erinnert. Der andere hat ein grünes Oberteil mit einem angedeuteten Creeperkopf darauf und einem P auf dem Rücken, dazu weiße Hosen.

„Hallo zusammen. Ich bin Gomme. Das da ist PietSmiet.“

„Hi!“, sagt PietSmiet.

„Äh, danke, dass ihr ... so zahlreich erschienen seid“, sagt Amelie. Sie klingt etwas verunsichert.

Herobrine hatte also recht: All meine Dialoge mit ihr haben nur in meiner Fantasie stattgefunden. Dass ich Amelie irgendwie in meine Halluzinationen einbauen konnte, wenn sie in der Wirklichkeit bei mir war, kann ich mir gerade noch vorstellen. Aber dass die Crème de la Crème der deutschen Minecraft-Let's Player in meinem Krankenzimmer versammelt sein soll, ist absurd. Aber was soll's? Zumindest muss ich jetzt nicht allein in die Schlacht ziehen.

„Auf geht's!", rufe ich und ziehe mein Schwert. Gefolgt von den berühmtesten Minecraft-Helden marschiere ich auf die Wither-Armee zu.

„Na, hast du all deine eingebildeten Freunde zu Hilfe gerufen?", höhnt Herobrine von der Spitze der Pyramide. „Da krieg ich aber Angst! ANGRIFF!"

Sein Befehl rollt wie Donner durch die Höhle. Ein Ruck geht durch die Witherskelette. Mit erhobenen Schwertern stürmen sie auf uns zu. Ich muss die Attacken von gleich drei der riesigen Untoten abwehren. Nach einer Sekunde habe ich bereits den ersten Treffer kassiert und fühle, wie mich der Withereffekt schwächt.

Ich riskiere einen Blick zur Seite. Amelie und die Youtuber stehen reglos da. Die Schwerter der Skelette scheinen keine Wirkung auf sie zu haben, doch sie kämpfen auch nicht, sondern starren mich bloß an. Sie sind in dieser Schlacht genauso nutzlos wie die Knollnasen!

Ein weiterer Treffer von einem Witherskelett reduziert meine Lebensenergie auf nahezu null. Rasch trinke ich einen Heiltrank, doch schon erwischt mich ein Schädel, den einer der Wither abgeschossen hat.

„Helft mir doch!", rufe ich.

„Was ist denn, Marko?“, fragt Amelie mit verzweifelter Stimme. „Was siehst du?“

„Hier sind überall ... Witherskelette ... eine ganze Armee ... ich kann sie nicht allein aufhalten ...“

„Steht hier nicht bloß rum!“, ruft Amelie. „Kämpft!“

„Wie denn?“, fragt Concrafter.

„Was weiß ich? Ihr seid doch die Minecraft-Experten! Tut irgendwas!“

Die Figur im blauen Nadelstreifenanzug fuchtelt mit den Armen. Dabei trifft sie eines der Skelette. Die Wirkung entspricht ungefähr der eines Kinnhakens von Obelix: Der Knochenmann zersplittert und fliegt in Einzelteilen in hohem Bogen durch die Luft.

„Ja, weiter so!“, feuere ich ihn an.

Nun fangen auch die anderen an, mit den Armen zu wedeln und zu rudern, als vollführten sie einen seltsamen Tanz. Die Treffer wirken eher zufällig, doch die Wirkung ist ähnlich gewaltig wie die von Concrafters Schlag. Jede Berührung eines der Youtuber scheint die Wucht eines TNT-Blocks zu haben.

„Vergesst die anderen Pappnasen!“, brüllt Herobrine. „Konzentriert euch auf den Verräter! KÄMPFT!“

Die Skelette intensivieren ihre Angriffe. Auch die Wither schießen nun von allen Seiten Schädel gezielt auf mich. Ich kann kaum so schnell Heiltränke trinken, wie meine Lebensenergie sinkt.

„Stellt euch um mich herum!“, rufe ich verzweifelt. „Schnell!“

„Nun macht schon!“, kommandiert Amelie. Sie dirigiert die Youtuber mit den Armen, so dass sie einen Kordon um mich formen wie Leibwächter, die einen Präsidenten bei einem Attentatsversuch beschützen. Nun können mich die

Witherskelette nicht mehr erreichen. Meine Beschützer fuchteln weiter mit den Armen in der Luft herum. Knochen und Schädel fliegen durch die Höhle.

„Au, pass doch auf, du Idiot!“ Das war Sarazar. Anscheinend hat PietSmiet ihn versehentlich getroffen.

„Selber Idiot!“, antwortet er. „Geh mir halt aus dem Weg, wenn ich kämpfe!“

Ein Wither nutzt die Lücke, die die beiden Streitenden lassen, und trifft mich mit einem Schädelgeschoss.

„Au!“, rufe ich, als mich ein heftiger Stromschlag durchzuckt.

„Hört auf, euch zu streiten!“, befiehlt Amelie. „Schließt die Reihen um ihn und kämpft, verdammt noch mal!“ Sie klingt wie ein General, der seine Soldaten zurechtweist.

Während die Youtuber weiter Skelette und Wither zerlegen, bewege ich mich in Richtung des Tors. Meine Beschützer folgen mir.

„Nein!“, ruft Herobrine. Seine Stimme klingt jetzt nicht mehr gehässig, sondern angstvoll. „Haltet ihn auf! KÄMPFT!“

Doch gegen die geballte Kraft der besten Minecraft-Let's Player kann selbst eine Armee von Witherskeletten nichts ausrichten. Bald erreiche ich den Fuß der Pyramide. Ich öffne die Tür und mache mich auf eine weitere Armee im Inneren gefasst, doch die große Halle ist leer. Nur das Portal pulsiert in der Mitte. Das Glitzern der Lichtpunkte darauf ist verlockend und beunruhigend zugleich.

„Wir haben es geschafft!“, rufe ich.

„Was siehst du?“, fragt Amelie.

„Ich bin jetzt im Inneren der Pyramide. Da vorne ist das Tor. Den Rest schaffe ich allein, glaube ich. Ihr bleibt am besten hier stehen und bewacht den Eingang.“

„Gut. Ihr habt's gehört: Bleibt einfach stehen und sorgt dafür, dass keiner vorbei kommt!"

„Jawohl, Frau Oberst!", ruft Gronkh und hebt seinen Arm, als wolle er salutieren. Die anderen lachen.

„Sei vorsichtig, Marko!", mahnt Amelie.

Der Graben mit dem Gummiboden ist immer noch mit einer Bedrockplatte verschlossen, so dass ich ihn problemlos überqueren kann. Als ich vor dem Sockel in der Mitte der Pyramide stehe, tritt eine vertraute Gestalt hinter dem Portal hervor. Ich ziehe mein Diamantschwert.

„Tu es nicht!", sagt Herobrine. Das Glühen seiner Augen ist erloschen, und seine Haut wirkt grünlich, fast wie die eines Zombies. Sein Kopf ist leicht vornüber gebeugt, so als könne der Körper das Gewicht kaum tragen.

„Du wolltest ein Duell!", erwidere ich. „Jetzt kannst du es haben!"

„Ich will nicht mit dir kämpfen." Er klingt so müde, dass er mir beinahe leidtut.

„Dann geh mir aus dem Weg."

„Die Wirklichkeit wird dich nur enttäuschen!"

„Das ist mir egal. Ich will nicht mehr in einer Illusion leben!"

Herobrine lacht humorlos. „Ist nicht das ganze Leben eine Illusion?"

„Meins nicht", behaupte ich. „Jedenfalls war es das nicht bis zu dem Tag, an dem mir Amelies Stiefvater eine Spritze gab und ich ins Koma fiel."

„Aber was, wenn das gar nicht das Portal in die Wirklichkeit ist? Wenn es dich stattdessen in den Tod führt?" Seine Stimme ist jetzt voller Angst und Verzweiflung.

Einen Moment lang denke ich darüber nach. „Du hast recht. Ich kann nicht wissen, wohin mich dieses Tor führt. Aber es ist der einzige Weg, den ich gehen kann. Die Alternative ist, für immer stehen zu bleiben. Und das wäre mindestens genauso schlimm wie der Tod."

Herobrine sagt nichts mehr. Mit hängendem Kopf steht er da wie ein Schüler, der beim Schummeln erwischt worden ist.

Platons Worte hallen durch meinen Kopf: „Trau ihm nicht!"

Es ist nicht das erste Mal, dass ich eine seiner Warnungen in den Wind schlage. Ich gehe auf mein Ebenbild zu und breite die Arme aus. Er blickt auf. Für einen kurzen Moment flammt das Glühen in seinen Augen noch einmal auf, dann erlischt es für immer. Auch er öffnet die Arme und macht einen Schritt auf mich zu, bis unsere beiden Körper miteinander verschmelzen wie die Lichtkegel zweier Scheinwerfer, die denselben Punkt anstrahlen.

Herobrine verschwindet. Dafür spüre ich nun etwas in mir, das vorher nicht da war: Sehnsucht. Das Verlangen danach, hier in der Würfelwelt zu bleiben, für immer ihre endlosen Weiten zu durchstreifen, unzählige Abenteuer zu erleben, großartige Bauwerke zu errichten. Den Wunsch nach unbeschränkter Macht und Freiheit, frei von den Sorgen und Problemen des Alltags.

Ich drehe mich um, starre in die unendliche Tiefe des Portals, und die Sehnsucht wird verdrängt von einem stärkeren Gefühl: Angst. Die Furcht vor der Zurückweisung, vor der Enttäuschung, vor meiner eigenen Unvollkommenheit. Warum soll ich nicht einfach hier bleiben, wo alles so viel einfacher ist? Amelie könnte sogar bei mir sein. Sie hätte zwar bloß einen Pixelkörper, aber ...

Nein! Diese Welt mag großartig sein, in vieler Hinsicht einfacher und bequemer als das wirkliche Leben. Aber es ist bloß ein Spiel. Nichts, was ich hier tue, hat wirklich Bedeutung. Und vor allem gibt es in dieser Spielwelt niemanden, der mich liebt. Ich weiß nicht, ob Amelie tatsächlich für mich gekämpft hat oder ob ich das alles nur träumte. Aber wenn sie es nicht getan hat, dann werde ich vielleicht eines Tages jemanden finden, der es für mich tun würde. Und dann ist da noch Mam: Keine Enttäuschung, die ich in der Wirklichkeit erlebe, kann so groß sein wie die, die sie empfinden würde, wenn ich nicht versuchte, zu ihr zurückzukehren.

Noch einmal sehe ich mich in der großen Pyramide um und genieße das Gefühl, wirklich in der Würfelwelt zu sein. Der Gedanke, nie mehr hierher zurückkehren zu können, macht mich traurig.

Ich wende mich um, steige die drei Stufen des Podestes hinauf und trete durch die wabernde, schwarze Fläche.

38.

Marko blinzelt. Er sieht Amelie an, dann wandert sein Blick durch das Krankenzimmer. Tränen sammeln sich am unteren Rand seiner Augen.

„Oh nein!", sagt er.

„Was ist denn?", fragt Amelie erschrocken.

„Ich ... bin durch das Tor gegangen ... ich dachte, ich würde aufwachen ... aber ..."

„Was siehst du, Marko?"

„Ich sehe dich, das Krankenzimmer ... aber da stehen lauter Leute um mein Bett herum, die nicht real sein können. Ich kenne sie von Youtube: Concrafter, Gronkh, Sarazar, PietSmiet, Ungespielt, GommeHD, Dner ..."

„Habt ihr das gehört? Er denkt, wir sind nicht echt!", sagt Sarazar.

„Wer weiß, vielleicht hat er ja recht", meint Gronkh. „Wer kann schon wissen, was real ist und was nicht?"

„Waaas?", macht Concrafter.

„Jooonge!", ruft Dner. „Du immer mit deiner Philosophiererei!"

„Jetzt hört auf, den armen Jungen zu verwirren!", schaltet sich Gomme ein.

Gronkh hält eine Hand hoch. „Marko, wie viele Finger sind das?", fragt er.

„Drei ..." Marko blickt unsicher zu Amelie. „Die ... die sind doch nicht etwa alle wirklich hier, oder?"

Amelies Blick verschwimmt, doch sie lächelt. „Doch, Marko, sie sind hier. Sie sind extra für dich hergekommen."

Markos Augen weiten sich vor Staunen. „Aber ... wie ist das möglich?"

„Amelie hat deine Geschichte in einem Minecraft-Forum erzählt“, erklärt Concrafter. „Sie meinte, sie könnte ein paar Leute gebrauchen, die sich mit Minecraft auskennen und ihr helfen, dir zu helfen. Als ich davon hörte, habe ich sie kontaktiert. Wir haben uns hier verabredet, und ich hab sicherheitshalber noch ein paar Freunde mitgebracht.“

„Deine Freundin kann ganz schön energisch sein“, ergänzt Gronkh. „Du hättest sie sehen sollen: Sie hat uns dirigiert wie ein Regisseur seine Schauspieler. Wir mussten so tun, als ob wir kämpfen. Das sah ganz schön bescheuert aus.“

Amelie wird knallrot.

„Piet der Idiot hat mir eine Ohrfeige verpasst!“, beschwert sich Sarazar.

„Du kriegst gleich noch eine, wenn du nicht aufhörst zu meckern!“

„Benehmt euch, Leute!“, mahnt Gronkh. „Wir sind hier in einem Krankenhaus!“

„Dann bin ich wirklich wach?“, fragt Marko mit großen Augen. Er scheint es immer noch nicht recht glauben zu können.

„Klar, Mann!“, bestätigt Concrafter.

„Sieht ganz so aus“, stimmt Gronkh zu. Die anderen nicken.

„Ihr ... habt mich gerettet! Ich weiß nicht, was ich sagen soll ... Danke!“

Amelie hält es nicht mehr aus. Sie umarmt Marko, drückt ihn ganz fest an sich. Ihr ganzer Körper bebt von den Schluchzern der Erleichterung. Eine Weile lässt sie ihren Freudentränen freien Lauf. Dann küsst sie ihn. Die anderen jubeln, doch sie hört es kaum.

Nach einigen Minuten löst sie sich von ihm und wendet sich an die Youtuber. „Ich kann gar nicht sagen, wie dankbar ich euch allen bin. Ohne euch hätte es Marko nicht wieder in die Realität geschafft!"

„Kein Problem", meint Concrafter. „Und falls ihr noch mal Ärger mit Creepern, Endermen oder Witherskeletten bekommt, sagt ihr einfach Bescheid, okay?"

„Machen wir!", erwidert Amelie.

In diesem Moment betreten Dr. Neumann und Markos Mutter den Raum.

„Was ist denn hier los?", fragt der Arzt.

„Wer sind all diese Leute?", will Frau Leyenbrink wissen. Ihr Blick fällt auf ihren Sohn, der sich in seinem Bett aufgesetzt hat. „Marko!", ruft sie verblüfft aus.

„Hi, Mam!"

„Oh, Marko!" Sie drückt ihn an sich. Nachdem ihr Amelie erklärt hat, wer die jungen Männer im Krankenzimmer sind, bedankt sie sich mit Tränen in den Augen bei allen. „Wie kann ich Ihnen jemals vergelten, was Sie für meinen Sohn getan haben?"

„Das müssen Sie nicht", meint Gronkh. „Wir freuen uns, dass Ihr Sohn wieder wach ist. Das hier ist eine Geschichte, die man sich noch lange im Internet erzählen wird."

„Definitiv!", stimmt ihm Concrafter zu.

„Auch ich danke Ihnen allen für Ihre Hilfe", sagt Dr. Neumann. „Doch ich glaube, es ist besser, wenn Sie jetzt gehen. Marko braucht etwas Ruhe."

„Ja, natürlich", sagt Gronkh. „Mach's gut, Marko! Sieh zu, dass du wieder auf die Beine kommst! Und nimm dich vor Herobrine in Acht!" Er grinst schief.

Amelie umarmt die Youtuber einen nach dem anderen. Nachdem sie sich auch von Marko verabschiedet und ihm gute Besserung gewünscht haben, verlassen sie fröhlich plaudernd den Raum.

„Die waren nett, diese jungen Leute!“, stellt Frau Leyenbrink fest. „Ich hab immer gedacht, Computerspieler hocken nur einsam in ihren Zimmern. Dass sie sich gegenseitig so bereitwillig helfen, hätte ich nicht gedacht.“

„Ich kann immer noch nicht glauben, dass die alle wirklich hier waren“, sagt Marko. „Habt ihr eigentlich eine Ahnung, wie berühmt die sind?“

„Berühmt?“, erwidert seine Mutter. „Also ich kannte keinen von denen.“

Marko rollt mit den Augen. „Oh Mam! Du hast echt keinen Plan!“

Plötzlich müssen sie beide lachen. Amelie stimmt ein, als sich die Erleichterung Bahn bricht.

Auch Dr. Neumann lächelt. „Dies ist wirklich der ungewöhnlichste Fall in meiner Karriere“, stellt er fest.

Der Arzt untersucht Marko und macht alle möglichen Tests, lässt ihn komplizierte Bewegungen mit den Händen nachmachen, stellt ihm Rechenaufgaben.

„Als Neurologe kann ich keine Probleme erkennen“, sagt er schließlich. „Du scheinst völlig gesund zu sein, Marko. Doch es ist möglich, dass es zu Nachwirkungen kommt, Halluzinationen vielleicht. Ich empfehle dir sicherheitshalber eine Betreuung durch einen Psychiater.“

„Nein, danke!“, widerspricht Marko. „Von Psychiatern habe ich erst Mal genug!“

„Ich glaube, ich hole mir mal einen Kaffee“, meint Markos Mutter. „Sie haben doch sicher auch noch andere Dinge zu tun, Dr. Neumann, oder?“

„Was? Ja, natürlich, Sie haben recht.“ Er sieht aus, als ob er sich ein Grinsen verkneift. „Ich muss mich um meine anderen Patienten kümmern. Ich komme in einer halben Stunde noch einmal wieder, dann können Sie Ihren Sohn mit nach Hause nehmen."

Markos Mutter wollte offenbar, dass sie und Marko ein paar Minuten für sich allein haben. Das ist Amelie ein bisschen peinlich, doch sie freut sich auch darüber. Sie setzt sich zu ihm auf die Bettkante.

Er senkt den Blick. Sie weiß nicht, was sie sagen soll, und ihm scheint auch nichts einzufallen. Die Stille zieht sich in die Länge.

„Ich ...", beginnt sie.

„Du ...", sagt er gleichzeitig.

Beide hören im selben Moment auf, zu sprechen. Sie muss grinsen.

„Du zuerst", sagt sie.

Er schluckt, als fiele es ihm schwer, zu sprechen.

„Du ... hast du ... bist du wirklich für mich in Dr. Johannsens Klinik eingedrungen?"

Sie runzelt die Stirn. „Natürlich bin ich das! Wie solltest du sonst hierhergekommen sein?"

„Entschuldige, aber ... ich weiß nicht, was real ist und was nicht ..." Plötzlich glitzern Tränen in seinen Augen. „Ich bin immer noch nicht sicher, ob ich wirklich wach bin!"

Sie nimmt ihn in den Arm und presst ihre Lippen auf seine.

„Und jetzt?", fragt sie einige Zeit später.

„Jetzt weiß ich, dass ich träume", erwidert er. „Und ich hoffe, ich wache nie mehr auf."

Epilog

Es ist ein seltsames Gefühl, über den Parkplatz vor der Nervenklinik zu gehen. Gerade mal vier Wochen ist es her, dass mich Amelie befreit hat. Es kommt mir vor wie eine Ewigkeit. Gleichzeitig habe ich das Gefühl, als wäre es erst gestern gewesen. Ich drücke ihre Hand, um mich zu vergewissern, dass sie wirklich bei mir ist.

„Wie fühlst du dich?“, fragt sie.

„Gut“, sage ich, weil mir nichts Besseres einfällt.

Sie scheint meine Nervosität zu spüren. „Wenn du nicht möchtest, können wir ...“

„Nein, nein, ist schon okay.“ Doch mein Herz pocht laut, als wir durch die Glastür treten.

Die Empfangshalle sieht immer noch genauso aus wie damals, doch die junge Frau, die uns freundlich anlächelt, ist neu.

„Ihr müsst Marko und Amelie sein“, sagt sie zur Begrüßung. „Und Sie sind Frau Leyenbrink? Herzlich willkommen! Ich sage Dr. Hartmann, dass Sie da sind.“

Kurz darauf kommt der neue Klinikleiter, ein ziemlich dicker Mann mit weißem Haar, in den Raum. Er begrüßt uns herzlich.

„Ich bin sicher, meine Patienten werden sich riesig freuen, euch zu sehen“, sagt er, als er uns den Gang entlang in den Patiententrakt führt.

Die schwere Eisentür zu dem Raum, der früher das Beruhigungszimmer war, steht offen. Ich werfe einen flüchtigen Blick hinein. Statt bunter Tapeten und Matratzen auf dem Boden sehe ich Schreibtische und Regale. Auf der Tür am Ende des Ganges wurden die Warnhinweise für Pfleger entfernt.

Als wir den Aufenthaltsraum für Patienten erreichen, ist die Aufregung groß. Elfie, Sir William, Karl und Ismalda springen von ihren Stühlen auf.

„Bei unserer geliebten Königin!", ruft der selbsternannte Geheimagent aus. „Welch hoher Besuch! Ich habe soeben aus dem Hauptquartier erfahren, dass Ihre Majestät euch für eure Verdienste um das Vaterland in den Adelsstand erheben wird!" Er verbeugt sich tief. „Lady Amelie, Sir Marko, herzlich willkommen in diesem bescheidenen Außenposten!"

„Könnt ihr mich sehen?", fragt Elfie.

„Ja, natürlich", sage ich ohne nachzudenken, während Amelie gleichzeitig antwortet: „Wer hat da gesprochen?"

Elfie blickt einen Moment verwirrt zwischen uns hin und her, dann grinst sie breit. „Es ist so schön, dass ihr da seid!" Sie umarmt erst Amelie, dann mich.

Auch Karl lächelt. „Sieht so aus, als hätte meine Geschichte doch noch ein Happy End", stellt er fest.

Sir William tippt sich an die Stirn. „Er denkt immer noch, er habe sich das alles nur ausgedacht!"

Ismaldas tiefgründige Augen scheinen direkt durch mich hindurchsehen zu können. „Du hast immer noch Zweifel, nicht wahr?", fragt sie.

Ich erschrecke. Bin ich so leicht zu durchschauen? Oder kann sie tatsächlich meine Gedanken lesen?

Sie lächelt. „Mach dir keine Sorgen. Jeder zweifelt hin und wieder an sich selbst. Das liegt in der Natur des Menschen."

Ismalda hat recht: Seit ich aus dem Krankenhaus entlassen wurde, habe ich mich immer wieder gefragt, ob ich wirklich aufgewacht bin. Es hat eine ganze Weile gedauert, bis ich mich wieder an die Normalität gewöhnt habe. Mein eigener Körper kam mir fremd vor, unbeholfen, schwer und klobig. Im Schulsport habe ich mich noch tollpatschiger angestellt als früher. Und manchmal glaubte ich am Rand meines Gesichtsfelds Bewegungen wahrzunehmen – dünne, schwarze Gestalten mit leuchtenden Augen oder grüne, kastenartige Wesen mit mürrischem Gesichtsausdruck. Doch jedes Mal, wenn ich hingesehen habe, war da nichts.

Ich habe Jan von meinen Erlebnissen erzählt. Er hat ungläubig gestaunt, als ich ihm beschrieb, wie ich aufwachte, umgeben von den bekanntesten Let's Playern. Seitdem hält er mich ebenfalls für eine Berühmtheit. Es stimmt, im Internet gab es hunderte von Beiträgen, tausende von Kommentaren und Kurznachrichten zu meiner Geschichte. Ich war sogar in der Zeitung. Aber zum Glück hat sich der Wirbel um mich bald gelegt und der ganz normale Alltag ist wieder eingekehrt.

Amelie war es, die mir am meisten Halt gegeben hat. Sie ist einfach wunderbar. Mit ihr zusammen zu sein, ist fast zu schön, um wahr zu sein. Das ist auch Herobrines Meinung, und er lacht hässlich, wenn er es sagt.

Ich höre seine Stimme fast jeden Tag in meinem Kopf, schließlich ist er ja jetzt ein Teil von mir. Die meiste Zeit nörgelt er, wie langweilig es in dieser Welt ist und wie dumm ich war, durch das Tor zu gehen. Manchmal jedoch flüstert er mir zu, dass ich in Wirklichkeit immer noch in der Nervenklinik im Koma liege, überwacht von Dr. Johannsen und Schwester Christa, die dafür sorgen, dass ich nie wieder aufwachen werde. Das war der Grund dafür, dass ich beschlossen habe, Elfie, Sir William, Karl und Ismalda zu besuchen. Und jetzt, wo ich hier bin, weiß ich, dass es eine gute Idee war.

Der Aufenthaltsraum sieht immer noch so aus, wie ich ihn kenne, und doch spürt man, dass sich vieles verändert hat.

„Wie geht es euch?", frage ich.

„Es ist alles so schön geworden!", schwärmt Elfie mit leuchtenden Augen. „Die neuen Pfleger sind richtig nett, sogar das Essen schmeckt besser. Wir bekommen jetzt Nachtisch, so viel wir wollen, und dürfen sogar abends lange aufbleiben!"

„Ich finde es allerdings ein bisschen langweilig, seitdem der Feind besiegt wurde", meint Sir William.

In der Tat sitzt Dr. Johannsen immer noch in Untersuchungshaft, und wenn es nach Mam und ihrem Anwalt geht, kommt er so schnell nicht mehr aus dem Gefängnis. Die Polizei hat ihr erzählt, dass er und Amelies Stiefvater an der Uni gemeinsam Drogenexperimente durchgeführt haben. Anscheinend versuchten sie, ein Mittel zu entwickeln, das Menschen gefügig macht, so dass sie widerspruchslos alles tun, was man ihnen sagt. Das Zeug, das sie zusammengepanscht haben, hatte allerdings starke Nebenwirkungen und erzeugte Halluzinationen. Dr. Johannsen kam auf die Idee, eine Nervenklinik zu gründen. Die Patienten, die zu ihm kamen, machte er zuerst mit seinem Mittel noch kränker, um sie dann später auf wunderbare Weise wieder zu heilen. So baute er sich einen Ruf als hervorragender Psychiater und Spezialist für Halluzinationen auf. Als ich im Krankenhaus lag, zogen ihn die ahnungslosen Ärzte hinzu, um mich zu heilen. Er hat natürlich genau das Gegenteil getan, indem er mir die Droge verabreichte. So hoffte er, mich als Zeugen gegen seinen Freund auszuschalten. Damit Amelies Mutter nicht vor Gericht aussagt, hat er sie angerufen, sich als

Polizeikommissar ausgegeben und ihr erzählt, ihr Mann sei aus dem Gefängnis ausgebrochen, so dass sie sich versteckte. Wenn Amelie nicht so mutig gewesen wäre, hätte sein perfider Plan funktioniert.

„Wir lassen euch einen Moment allein“, sagt Dr. Hartmann. „Ich möchte gern noch etwas mit Deiner Mutter besprechen, Marko.“

„Das ist dir doch recht?“, fragt Mam.

„Ja, natürlich. Kein Problem.“

„Ich möchte euch gerne jemanden vorstellen“, sagt Ismalda, nachdem sie gegangen sind. „Er kam kurz, nachdem Dr. Johannsen verhaftet wurde, zu uns.“

Wir folgen ihr zum Sofa vor dem Fernseher. Dort sitzt zwischen einigen Patienten, die ich noch von meinem Aufenthalt hier kenne, ein älterer Mann mit Halbglatze. Über seinem Schlafanzug trägt er ein Bettlaken, das er sich um Schulter und Bauch gebunden hat. Als er uns bemerkt, steht er auf und verbeugt sich leicht.

„Platon?“, frage ich ungläubig.

Er sieht mich neugierig an. „Kennen wir uns?“

„Nein ... ich ... ich dachte bloß ...“, stammele ich.

„Anscheinend eilt mir mein Ruf voraus“, sagt der Mann mit dem Bettlaken. „In der Tat nennt man mich Platon aus Athen. Ich freue mich, eure Bekanntschaft zu machen.“

„Was ist?“, fragt Amelie. „Du siehst aus, als hättest du ein Gespenst gesehen!“

„Hat er ja auch!“, wirft Elfie ein. „Aber nur, weil ich wollte, dass er mich sehen kann.“

Ich blicke verwirrt zwischen Amelie, Ismalda und dem Mann, der sich für Platon hält, hin und her. „Ich ... ich weiß nicht ...“

„Was weißt du nicht?“, fragt Amelie besorgt.

„Was ich glauben soll. Was wirklich ist und was nicht."

„Deine Zweifel sind begründet, junger Mann!", sagt Platon. „Was wir von der Welt wahrnehmen, sind nichts als Schatten an einer Höhlenwand. Die Wirklichkeit hinter allem können wir nicht sehen. Und wenn wir es könnten, würden wir auf der Stelle verrückt werden."

„Sind wir das nicht schon?", fragt Karl.

„Du vielleicht", meint Sir William.

„Wirklich ist nur das, woran wir glauben", sagt Ismalda. „Je stärker wir daran glauben, desto wirklicher wird es."

Ich schließe für einen Moment die Augen. Als ich sie wieder öffne, ist immer noch alles genauso wie vorher: Elfie, Sir William, Karl, Ismalda, der Mann mit dem Bettlaken - und Amelie. Plötzlich habe ich das dringende Bedürfnis, sie in den Arm zu nehmen.

„Bitte, halt mich fest", flüstere ich. Und das tut sie. Es fühlt sich gut an. Doch irgendwo in den Tiefen meines Unterbewusstseins höre ich Herobrine lachen.

ENDE

4601157R00139

Printed in Germany
by Amazon Distribution
GmbH, Leipzig